大胆的假设，小心的求证。

九思

名家伴读

胡适读书随笔

胡适 著

华中科技大学出版社
http://press.hust.edu.cn
中国·武汉

作者像

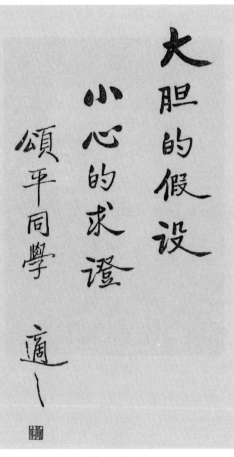

作者手迹

做學問要在不疑處有疑,待人要在有疑處不疑

胡適

作者手迹

为什么读书

青年会叫我在未离南方赴北方之前在这里谈谈，我很高兴，题目是"为什么读书"。现在读书运动大会开始，青年会拣定了三个演讲题目。我看第二个题目"怎样读书"，很有兴味，第三个题目"读什么书"，更有兴味，第一个题目无法讲，"为什么读书"，连小孩子都知道，讲起来很难为情，而且也讲不好。所以我今天讲这个题目，不免要侵犯其余两个题目的范围，不过我仍旧要为其余两位演讲的人留一些余地。现在我就把这个题目来试一下看。我从前也有过一次关于读书的演讲，后来我把那篇演讲录略事修改，编入三集《文存》里面，那篇文章题目叫做《读书》，其内容性质较近于第二题目，诸位可以拿来参考。今天我就来试试"为什么读书"这个题目。

从前有一位大哲学家做了一篇《读书乐》，说到读书的好处，他说："书中自有千钟粟，书中自有黄金屋，书中自有颜如玉。"这意思就是说，读了书可以做大官，获厚禄，可以不至于住茅草房子，可以娶得年轻的漂亮太太。诸位听了笑起来，足见诸位对于这位哲学家所说的话不十分满意。现在我就讲之所以要读书的别的原因。

为什么要读书？有三点可以讲：第一，因为书是过去已经知道的知识学问和经验的一种记录，我们读书便是要接受这人类的遗产；第二，为要读书而读书，读了书便可以多读书；第三，读书可以帮助我们解决困难，应付环境，并可获得思想材料的来源。我一踏进青年会的大门，就看见许多关于读书的标语。为什么读书？大概诸位看了这些标语就都已知道了，现在我就把以上三点更详细地说一说。

第一，因为书是代表人类老祖宗传给我们的知识的遗产，我们接受了这遗产，以此为基础，可以继续发扬光大，更在这基础之上，建立更高深更伟大的知识。人类之所以与别的动物不同，就是因为人有语言文字，可以把知识传给别人，又传至后人，再加以印刷术的发明，许多书报便印了出来。人的脑很大，与猴不同，人能造出语言，后来更进一步而有文字，又能刻木刻字。所以人最大的贡献就是过去的知识和经验，使后人可以节省许多脑力。非洲野蛮人在山野中遇见鹿，他们就画了一个人和一只鹿以代信，给后面的人叫他们勿追。但是把知识和经验遗给儿孙有什么用处呢？这是有用处的，因为这是前人很好的教训。现在学校里各种教科，如物理、化学、历史，等等，都是根据几千年来进步的知识编纂成书的，一年，两年，或者三年，教完一科。自小学，中学，而至大学毕业，这十六年中所受的教育，都是代表我们老祖宗几千年来得来的知识学问和经验。所谓进化，就是叫人节省劳力，蜜蜂虽能筑巢，能发明，但传下来就只有这一点知识，没有继续去改革改良，以应付环境，没有做格外进一步的工作。人呢，达不到目的，就再去求进步，而以前人的知识学问和经验作参考。如果每样东西，要个个人从头学起，而不去利用过去的知识，那不是太麻烦吗？所以人有了这知识的遗产，就可以自己去成家立业，就可以缩短工作，使有余力做别的事。

第二点稍复杂，就是为读书而读书。读书不是那么容易的一件事情，不读书不能读书，要能读书才能多读书。好比戴了眼镜，小的可以放大，糊涂的可以看得清楚，远的可以变为近。读书也要戴眼镜。眼镜越好，读书的了解力也越大。王安石对曾子固说："读经而已，则不足以知经。"所以他对于本草、内经、小说，无所不读，这样对于经才可以明白一些。王安石说："致其知而后读。"

请你们注意，他不说读书以致知，却说，先致知而后读书。读书固然可以扩充知识；但知识越扩充了，读书的能力也越大。这便是"为读书而读书"的意义。

试举《诗经》作一个例子。从前的学者把《诗经》看作"美""刺"的圣书，越讲越不通。现在的人应该多预备几副好眼镜，人类学的眼镜、考古学的眼镜、文法学的眼镜、文学的眼镜。眼镜越多越好，越精越好。例如"野有死麕，白茅包之。有女怀春，吉士诱之"，我们若知道比较民俗学，便可以知道打了野兽送到女子家去求婚，是平常的事。又如"钟鼓乐之，琴瑟友之"，也不必说什么文王太姒，只可看作少年男子在女子的门口或窗下奏乐唱和，这也是很平常的事。

再从文法方面来观察，像《诗经》里"之子于归"，"黄鸟于飞"，"凤凰于飞"的"于"字，此外，《诗经》里又有几百个的"维"字，还有许多"助词"、"语词"，这些都是有作用而无意义的虚字，但以前的人从未注意及此。这些字若不明白，《诗经》

便不能懂。再说在《墨子》一书里,有点光学、力学,又有点逻辑、算学、几何学,又有点经济学。但你要懂得光学,才能懂得墨子所说的光。你要懂得各种知识,才能懂得《墨子》里一些最难懂的文句。总之,读书是为了要读书,多读书更可以读书。最大的毛病就在怕读书,怕读难书。越难读的书我们越要征服它们,把它们作为我们的奴隶或向导,我们才能够打倒难书,这才是我们的"读书乐"。若是我们有了基本的科学知识,那末,我们在读书时便能左右逢源。我再说一遍,读书的目的在于读书,要读书越多才可以读书越多。

第三点,读书可以帮助解决困难,应付环境,供给思想材料。知识是思想材料的来源。思想可分作五步。思想的起源是大的疑问。吃饭拉屎不用想,但逢着三岔路口,十字街头那样的环境,就发生困难了。第一步,走东或走西,这样做或是那样做,有了困难,才有思想。第二步要把问题弄清,究竟困难在哪一点上。第三步才想到如何解决,这一步,俗话叫做出主意。主意太多,都采用也不行,必须要挑选;主意太少,或者竟全无主意,那就更没有办法了。第四步就是要选择一个假定的解决方法。要想到这一个方法能不能解决。若不能,那末,就换一个;若能,就行了。这好比开锁,这一个钥匙开不开,就换一个;假定是可以开的,那末,问题就解决了。第五步就是证实。凡是有条理的思想都要经过这五步,或是逃不了这五个阶段。科学家要解决问题,侦探要侦探案件,多经过这五步。

这五步之中,第三步是最重要的关键。问题当前,全靠有主意(Ideas)。主意从哪儿来呢?从学问经验中来。没有知识的人,见了问题,两眼白瞪瞪,抓耳挠腮,一个主意都不来;学问丰富的人，见着困难问题，东一个主意，西一个主意，挤上来，涌上来，请求你录用。读书是过去知识学问经验的记录，而知识学问经验就是要用在这时候，所谓养军千日，用在一朝。否则，学问一点都没有，遇到困难就要糊涂起来。例如达尔文把生物变迁现象研究了几十年，却想不出一个原则去整理他的材料，后来无意中看到马尔萨斯的人口论，说人口按照几何学级数一倍一倍地增加，粮食按照数学级数增加，达尔文研究了这原则，忽然触机，就把这原则应用到生物学上去，创了物竞天择的学说。读了经济学的书，可以得着一个解决生物学上的困难问题的方法，这便是读书的功用。古人说"开卷有益"，正是此意。读书不是单为文凭功名，只因为书中可以供给学问知识，可以帮助我们解决困难，可以帮助我们思想。又譬如从前的人以为地球是世界的中心，后来天文学家科白尼①却主张太阳是世界的中心，绕着地球而行②。据罗素说，科白尼之所以这样的解说，是因为希腊人已经讲过这句话；假使希腊没有这句话，恐怕更不容易有人敢说这句话吧。这也是读书的好处。有一家书店印了一部旧小说叫做《醒世姻缘》，要我作序。这部书是西周生所著的，印好在我家藏了六年，我还不曾考出西周生是谁。这部小说讲到婚姻问题，其内容是这样：有个好老婆，不知何故，后来忽然变坏，作者没有提及解决方法，也没有想到可以离婚，只说是前世作孽，因为在前世男虐待女，女就投生换样子，压迫者变为被压迫者。这种前世作孽，起先相爱，后来忽变的故事，我仿佛什么地方看见过。

---

① 即哥白尼。
② 指地球绕太阳而行。

后来忽然想起《聊斋》一书中有一篇和这相类似的笔记，也是说到一个女子，起先怎样爱着她的丈夫，后来怎样变为凶太太，便想到这部小说大约是蒲留仙或是蒲留仙的朋友做的。去年我看到一本杂记，也说是蒲留仙做的，不过没有多大证据。今年我在北京，才找到了证据。这一件事可以解释刚才我所说的第二点，就是读书可以帮助读书，同时也可以解释第三点，就是读书可以供给出主意的来源。当初若是没有主意，到了逢着困难时便要手足无措，所以读书可以解决问题，就是军事、政治、财政、思想等问题，也都可以解决，这就是读书的用处。

我有一位朋友，有一次傍着灯看小说，洋灯装有油，但是不亮，因为灯芯短了。于是他想到《伊索寓言》里有一篇故事，说是一只老鸦要喝瓶中的水，因为瓶太小，得不到水，它就衔石投瓶中，水乃上来。这位朋友是懂得化学的，于是加水于灯中，油乃碰到灯芯。这是看《伊索寓言》给他看小说的帮助。读书好像用兵，养兵求其能用，否则即使坐拥十万、二十万的大军也没有用处，难道只好等他们"兵变"吗？

至于"读什么书"，下次陈钟凡先生要讲演，今天我也附带地讲一讲。我从五岁起到了四十岁，读了三十五年的书。我可以很诚恳地说，中国旧籍是经不起读的。中国有五千年文化，"四部"的书已是汗牛充栋。究竟有几部书应该读，我也曾经想过。其中有条理、有系统的精心结构之作，两千五百年以来恐怕只有半打。"集"是杂货店，"史"和"子"还是杂货店。至于"经"，也只是杂货店，讲到内容，可以说没有一些东西可以给我们改进道德、增进知识的帮助的。① 中国书不够读，我们要另开生路，辟"殖民地"，这条生路，就是每一个少年人必须至少要精通一种外国文字。读外国语要读到有乐而无苦，能做到这地步，书中便有无穷乐趣。希望大家不要怕读书，起初的确要查阅字典，但假使能下一年苦功，继续不断做去，那末，在一二年中定可开辟一个乐园，还只怕求知的欲望太大，来不及读呢。我总算是老大哥，今天我就根据我过去三十五年读书的经验，给你们这一个临别的忠告。

（本文为1930年11月下旬胡适在上海青年会的演讲，文稿经胡适校正，原载1930年12月至1931年2月《现代学生》第1卷第3、5期）

---

① 此处并非攻击、轻视传统文化，而是鼓励青年学生不要固守故纸堆，要打开视野，广泛阅读。（编辑注）

Contents 目录

辑一 关于读书

文学改良刍议	003
归国杂感	015
中国哲学结胎的时代	025
多研究些问题，少谈些"主义"	032
什么是文学	037
研究国故的方法	041
思想的方法	046
读书	061
谈谈《诗经》	069
《西游记》的第八十一难	080
写在孔子诞辰纪念以后	091
读书的习惯重于方法	098
找书的快乐	100

辑二　关于人生

贞操问题	109
不朽	119
少年中国之精神	129
一个问题	134
新生活	142
十七年的回顾	147
哲学与人生	154
差不多先生传	159
科学的人生观	162
人生有何意义	168
我的母亲	170
从拜神到无神	175
我的信仰	185
赠与今年的大学毕业生	210
信心与反省	216
人生问题	223
大宇宙中谈博爱	227
一个防身药方的三味药	233

辑一　关于读书

文学改良刍议

今之谈文学改良者众矣，记者末学不文，何足以言此？然年来颇于此事再四研思，辅以友朋辩论，其结果所得，颇不无讨论之价值。因综括所怀见解，列为八事，分别言之，以与当世之留意文学改良者一研究之。

吾以为今日而言文学改良，须从八事入手。八事者何？

一曰，须言之有物。二曰，不摹仿古人。三曰，须讲求文法。四曰，不作无病之呻吟。五曰，务去滥调套语。六曰，不用典。七曰，不讲对仗。八曰，不避俗字俗语。

一曰须言之有物

吾国近世文学之大病，在于言之无物。今人徒知"言之无文，行之不远"；而不知言之无物，又何用文为乎？吾所谓"物"，非古人所谓"文以载道"之说也。吾所谓"物"，约有二事。

（一）情感。《诗序》曰："情动于中而形诸言。言之不足，故嗟叹之。嗟叹之不足，故咏歌之。咏歌之不足，不知手之舞之，足之蹈之也。"此吾所谓情感也。情感者，文学之灵魂。文学而无情感，如人之无魂，木偶而已，行尸走肉而已。（今人所谓"美感"者，亦情感之一也。）

（二）思想。吾所谓"思想"，盖兼见地、识力、理想，三者而言之。思想不必皆赖文学而传，而文学以有思想而益贵；思想亦以有文学的价值而益贵也。此庄周之文，渊明、老杜之诗，稼轩之词，施耐庵之小说，所以敻绝千古也。思想之在文学，犹脑筋之在人身。人不能思想，则虽面目姣好，虽能笑啼感觉，亦何足取哉？文学亦犹是耳。

文学无此二物，便如无灵魂无脑筋之美人，虽有秾丽富厚之外观，抑亦末矣。近世文人沾沾于声调字句之间，既无高远之思想，又无真挚之情感，文学之衰微，此其大因矣。此文胜之害，所谓言之无物者是也。欲救此弊，宜以质救之。质者何？情与思二者而已。

二曰不摹仿古人

文学者，随时代而变迁者也。一时代有一时代之文学：周秦有周秦之文学，汉魏有汉魏之文学，唐宋元明有唐宋元明之文学。此非吾一人之私言，乃文明进化之公理也。即以文论，有《尚书》之文，有先秦诸子之文，有司马迁、班固之文，有韩、柳、欧、苏之文，有语录之文，有施耐庵、曹雪芹之文：此文之进化也。试更以韵文言之：《击壤》之歌，《五子》之歌，一时期也;《三百篇》之诗,一时期也;屈原、荀卿之骚赋,又一时期也;苏、李以下,至于魏晋,又一时期也;江左之诗流为排比,至唐而律诗大成,此又一时期也;老杜、香山之"写实"体诸诗(如杜之《石壕吏》《羌村》,白之《新乐府》),又一时期也。诗至唐而极盛,自此以后,词典代兴,唐五代及宋初之小令,此词之一时代也;苏、柳(永)、辛、姜之词,又一时代也。至于元之杂剧传奇,则又一时代矣。凡此诸时代,各因时势风会而变,各有其特长,吾辈以历史进化之眼光观之,决不可谓古人之文学皆胜于今人也。左氏史公之文奇矣,然施耐庵之《水浒传》视《左传》《史记》,何多让焉?《三都》《两京》之赋富矣,然以视唐诗、宋词,则糟粕耳。此可见文学因时进化,不能自止。唐人不当作商周之诗,宋人不当作相如、子云之赋——即令作之,亦必不工。逆天背时,违进化之迹,故不能工也。

既明文学进化之理,然后可言吾所谓"不摹仿古人"之说。今日之中国,当造今日之文学,不必摹仿唐宋,亦不必摹仿周秦也。前见国会开幕词,有云:"于铄国会,遵晦时休。"此在今日而欲为三代以上之文之一证也。更观今之"文学大家",文则下规姚、曾,上师韩、欧;更上则取法秦汉魏晋,以为六朝以下无文学可言,此皆百步与五十步之别而已,而皆为文学下乘。即令神似古人,亦不过为博物院中添几许"逼真赝鼎"而已,文学云乎哉!昨见陈伯严先生一诗云:

> 涛园钞杜句,半岁秃千毫。
> 所得都成泪,相过问奏刀。
> 万灵噤不下,此老仰弥高。
> 胸腹回滋味,徐看薄命骚。

此大足代表今日"第一流诗人"摹仿古人之心理也。其病根所在,在于以"半岁秃千毫"之工夫作古人的钞胥奴婢,故有"此老仰弥高"之叹。若能洒脱此种奴性,不作古人的诗,而惟作我自己的诗,则决不致如此失败矣。

吾每谓今日之文学,其足与世界"第一流"文学比较而无愧色者,独有白话小说(我佛山人、南亭亭长、洪都百炼生,三人而已)一项。此无他故,以此种小说皆不事摹仿古人(三人皆得力于《儒林外史》《水浒》《石头记》,然非摹仿之作也),而惟实写今日社会之情状,故能成真正文学。其他学这个,学那个之诗古文家,皆无文学之价值也。今之有志文学者,宜知所从事矣。

三曰须讲求文法

今之作文作诗者,每不讲求文法之结构。其例至繁,不便举之,尤以作骈文、律诗者为尤甚。夫不讲文法,是谓"不通"。此理至明,无待详论。

四曰不作无病之呻吟

此殊未易言也。今之少年往往作悲观,其取别号则曰"寒灰""无生""死灰";其作为诗文,则对落日而思暮年,对秋风而思零落,春来则惟恐其速去,花发又惟惧其早谢,此亡国之哀音也。老年人为之犹不可,况少年乎?其流弊所至,遂养成一种暮气,不思奋发有为,服劳报国,但知发牢骚之音,感喟之文。作者将以促其寿年,读者将亦短其志气:此吾所谓无病之呻吟也。国之多患，吾岂不知之？然病国危时，岂痛哭流涕所能收效乎？吾惟愿今之文学家做费舒特（Fichte），做玛志尼（Mazzini），而不愿其为贾生、王粲、屈原、谢皋羽也。其不能为贾生、王粲、屈原、谢皋羽，而徒为妇人醇酒丧气失意之诗文者，尤卑卑不足道矣！

五曰务去滥调套语

今之学者，胸中记得几个文学的套语，便称诗人。其所为诗文处处是陈言滥调，"蹉跎""身世""寥落""飘零""虫沙""寒窗""斜阳""芳草""春闺""愁魂""归梦""鹃啼""孤影""雁字""玉栖""锦字""残更"之类，累累不绝，最可憎厌。其流弊所至，遂令国中生出许多似是而非，貌似而实非之诗文。今试举吾友胡先骕先生一词以证之：

荧荧夜灯如豆，映幢幢孤影，凌乱无据。翡翠衾寒，鸳鸯瓦冷，禁得秋宵几度？幺弦漫语，早丁字帘前，繁霜飞舞。袅袅余音，片时犹绕柱。

此词骤观之，觉字字句句皆词也，其实仅一大堆陈套语耳。"翡翠衾""鸳鸯瓦"，用之白香山《长恨歌》则可，以其所言乃帝王之衾之瓦也。"丁字帘""幺弦"，皆套语也。此词在美国所作，其夜灯决不"荧荧如豆"，其居室尤无"柱"可绕也。至于"繁霜飞舞"，则更不成话矣。谁曾见繁霜之"飞舞"耶？

吾所谓务去滥调套语者，别无他法，惟在人人以其耳目所亲见亲闻、所亲身阅历之事物，自己铸词以形容描写之，但求其不失真，但求能达其状物写意之目的，即是工夫。其用滥调套语者，皆懒惰不肯自己铸词状物者也。

六曰不用典

吾所主张八事之中，惟此一条最受朋友攻击，盖以此条最易误会也。吾友江亢虎君来书曰：

所谓典者，亦有广狭二义。饾饤獭祭，古人早悬为厉禁；若并成语故事而屏之，则非惟文字之品格全失，即文字之作用亦亡。……文字最妙之意味，在用字简而含义多。此断非用典不为功。不用典不特不可作诗，并不可写信，且不可演说。来函满纸"旧雨""虚怀""治头治脚""舍本逐末""洪水猛兽""发聋振聩""负弩先驱""心悦诚服""词坛""退避三舍""滔天""利器""铁证"……皆典也。试尽抉而去之，代以俚语俚字，将成何说话？其用字之繁简，犹其细焉。恐一易他词，虽加倍蓰而涵义仍终不能如是恰到好处，奈何？……

此论甚中肯要。今依江君之言，分典为广狭二义，分论之如下。

（一）广义之典非吾所谓典也。广义之典约有五种。

1. 古人所设譬喻，其取譬之事物，含有普通意义，不以时代而失其效用者，今人亦可用之。如古人言"以子之矛，攻子之盾"，今人虽不读书者，亦知用"自相矛盾"之喻，然不可谓为用典也。上文所举例中之"治头治脚""洪水猛兽""发聋振聩"

……皆此类也。盖设譬取喻,贵能切当;若能切当,固无古今之别也。若"负弩先驱""退避三舍"之类,在今日已非通行之事物,在文人相与之间,或可用之,然终以不用为上。如言"退避",千里亦可,百里亦可,不必定用"三舍"之典也。

2. 成语。成语者,合字成辞,别为意义。其习见之句,通行已久,不妨用之。然今日若能另铸"成语",亦无不可也。"利器""虚怀""舍本逐末"……皆属此类。此非"典"也,乃日用之字耳。

3. 引史事。引史事与今所论议之事相比较,不可谓为用典也。如老杜诗云,"未闻殷周衰,中自诛褒妲",此非用典也。近人诗云,"所以曹孟德,犹以汉相终",此亦非用典也。

4. 引古人作比。此亦非用典也。杜诗云,"清新庾开府,俊逸鲍参军",此乃以古人比今人,非用典也。又云,"伯仲之间见伊吕,指挥若定失萧曹",此亦非用典也。

5. 引古人之语。此亦非用典也。吾尝有句云,"我闻古人言,艰难惟一死"。又云,"尝试成功自古无,放翁此语未必是"。此乃引语,非用典也。

以上五种为广义之典,其实非吾所谓典也。若此者可用可不用。

(二)狭义之典,吾所主张不用者也。吾所谓用"典"者,谓文人词客不能自己铸词造句以写眼前之景,胸中之意,故借用或不全切,或全不切之故事陈言以代之,以图含混过去,是谓"用典"。上所述广义之典,除第五条外,皆为取譬比方之辞,但以彼喻此,而非以彼代此也。狭义之用典,则全为以典代言,自己不能直言之,故用典以言之耳。此吾所谓用典与非用典之别也。狭义之典亦有工拙之别，其工者偶一用之，未为不可，其拙者则当痛绝之。

1. 用典之工者，此江君所谓用字简而含义多者也。客中无书不能多举其例，但杂举一二，以实吾言。

（1）东坡所藏"仇池石"，王晋卿以诗借观，意在于夺。东坡不敢不借，先以诗寄之，有句云，"欲留嗟赵弱，宁许负秦曲。传观慎勿许，间道归应速"。此用蔺相如返璧之典，何其工切也。

（2）东坡又有"章质夫送酒六壶，书至而酒不达"。诗云，"岂意青州六从事，化为乌有一先生"。此虽工已近于纤巧矣。

（3）吾十年前尝有读《十字军英雄记》一诗云："岂有酖人羊叔子？焉知微服赵主父？十字军真儿戏耳，独此两人可千古。"以两典包尽全书，当时颇沾沾自喜，其实此种诗，尽可不作也。

（4）江亢虎代华侨诔陈英士文有"未悬太白，先坏长城。世无鉏麑，乃戕赵卿"四句，余极喜之。所用赵宣子一典，甚工切也。

（5）王国维咏史诗，有"虎狼在堂室，徙戎复何补？神州遂陆沉，百年委榛莽。寄语桓元子，莫罪王夷甫"。此亦可谓使事之工者矣。

上述诸例，皆以典代言，其妙处，终在不失设譬比方之原意；惟为文体所限，故譬喻变而为称代耳。用典之弊，在于使人失其所欲譬喻之原意。若反客为主，使读者迷于使事用典之繁，而转忘其所为设譬之事物，则为拙矣。古人虽作百韵长诗，其所用典不出一二事而已（《北征》与白香山《悟真寺诗》皆不用一典），今人作长律则非典不能下笔矣。尝见一诗八十四韵，而用典至百余事，宜其不能工也。

2.用典之拙者，大抵皆懒惰之人，不知造词，故以此为躲懒藏拙之计。惟其不能造词，故亦不能用典也，总计拙典亦有数类。

（1）比例泛而不切，可做几种解释，无确定之根据。今取王渔洋《秋柳》一章证之：

> 娟娟凉露欲为霜，万缕千条拂玉塘。
> 浦里青荷中妇镜，江干黄竹女儿箱。
> 空怜板渚隋堤水，不见琅琊大道王。
> 若过洛阳风景地，含情重问永丰坊。

此诗中所用诸典无不可做几样说法者。

（2）僻典使人不解。夫文学所以达意抒情也。若必求人人能读五车之书，然后能通其文，则此种文可不作矣。

（3）刻削古典成语，不合文法。"指兄弟以孔怀，称在位以曾是"（章太炎语），是其例也。今人言"为人作嫁"亦不通。

（4）用典而失其原意。如某君写山高与天接之状，而曰"西接杞天倾"是也。

（5）古事之实有所指，不可移用者，今往往乱用作普通事实。如古人灞桥折柳，以送行者，本是一种特别土风。阳关渭城亦皆实有所指。今之懒人不能状别离之情，于是虽身在滇越，亦言灞桥；虽不解阳关、渭城为何物，亦皆言"阳关三叠""渭城离歌"。又如张翰因秋风起而思故乡之莼羹鲈脍，今则虽非吴人，不知莼鲈为何味者，亦皆自称有"莼鲈之思"。此则不仅懒不可救，直是自欺欺人耳！

凡此种种，皆文人之不下工夫，一受其毒，便不可救。此吾所以有"不用典"之说也。

七曰不讲对仗

排偶乃人类言语之一种特性，故虽古代文字，如老子、孔子之文，亦间有骈句。如"道可道，非常道；名可名，非常名。无名天地之始，有名万物之母。故常无，欲以观其妙；常有，欲以观其微"。此三排句也。"食无求饱，居无求安"，"贫而无谄，富而无骄"，"尔爱其羊，我爱其礼"，此皆排句也。然此皆近于语言之自然，而无牵强刻削之迹；尤未有定其字之多寡，声之平仄，词之虚实者也。至于后世文学末流，言之无物，乃以文胜；文胜之极，而骈文律诗兴焉，而长律兴焉。骈文律诗之中非无佳作，然佳作终鲜。所以然者何？岂不以其束缚人之自由过甚之故耶？（长律之中，上下古今，无一首佳作可言也。）今日而言文学改良，当"先立乎其大者"，不当枉废有用之精力于微细纤巧之末，此吾所以有废骈废律之说也。即不能废此两者，亦但当视为文学末技而已，非讲求之急务也。

今人犹有鄙夷白话小说为文学小道者，不知施耐庵、曹雪芹、吴趼人皆文学正宗，而骈文律诗乃真小道耳。吾知必有闻此言而却走者矣。

八曰不避俗语俗字

吾惟以施耐庵、曹雪芹、吴趼人为文学正宗，故有"不避俗字俗语"之论也。（参看上文第二条下。）盖吾国言文之背驰久矣。自佛书之输入，译者以文言不足以达意，故以浅近之文译之，其体已近白话。其后佛氏讲义语录尤多用白话为之者，是为语录体之原始。及宋人讲学以白话为语录，此体遂成讲学正体（明人因之）。当是时，白话已久入韵文，观唐、宋人白话之诗词可见也。及至元时，中国北部已在异族（辽、金、元）之下，三百余年矣。此三百年中，中国乃发生一种通俗行远之文学。文则有《水浒》《西游》《三国》之类，戏曲则尤不可胜计（关汉卿诸人，人各著剧数十种之多。吾国文人著作之富，未有过于此时者也）。以今世眼光观之，则中国文学当以元代为最盛。可传世不朽之作，当以元代为最多，此可无疑也。当是时，中国之文学最近言文合一，白话几成文学的语言矣。使此趋势不受阻遏，则中国几有一"活文学出现"，而但丁、路得①之伟业（欧洲中古时，各国皆有俚语，而以拉丁文为文言，凡著作书籍皆用之，如吾国之以文言著书也。其后意大利有但丁诸文豪，始以其国俚语著作。诸国踵兴，国语亦代起。路得创新教始以德文译《旧约》《新约》，遂开德文学之先。英、法诸国亦复如是。今世通用之英文《新旧约》乃1611年译本，距今才三百年耳。故今日欧洲诸国之文学，在当日皆为俚语。迨诸文豪兴，始以"活文学"代拉丁之死文学；有活文学而后有言文合一之国语也），几发生于神州。不意此趋势骤为明代所阻，政府既以八股取士，而当时文人如何李七子之徒，又争以复古为高，于是此千年难遇言文合一之机会，遂中道夭折矣。然以今世历史进化的眼光观之，则白话文学

---

① 马丁·路德（Martin Luther，1483—1546），新教的创立者。

之为中国文学之正宗，又为将来文学必用之利器，可断言也（此"断言"乃自作者言之，赞成此说者今日未必甚多也）。以此之故，吾主张今日作文作诗，宜采用俗语俗字。与其用三千年前之死字（如"于铄国会，遵晦时休"之类），不如用二十世纪之活字；与其作不能行远、不能普及之秦汉六朝文字，不如作家喻户晓之《水浒》《西游》文字也。

结论

上述八事，乃吾年来研思此一大问题之结果。远在异国，既无读书之暇晷，又不得就国中先生长者质疑问题，其所主张容有矫枉过正之处。然此八事皆文学上根本问题，一有研究之价值。故草成此论，以为海内外留心此问题者作一草案。谓之刍议，犹云未定草也，伏惟国人同志有以匡纠是正之。

（原载1917年1月1日《新青年》第2卷第5号）

归国杂感

我在美国动身的时候,有许多朋友对我道:"密司忒胡,你和中国别了七个足年了,这七年之中,中国已经革了三次的命,朝代也换了几个了①。真个是一日千里的进步。你回去时,恐怕要不认得那七年前的老大帝国了。"我笑着对他们说道:"列位不用替我担忧。我们中国正恐怕进步太快,我们留学生回去要不认得她了,所以她走上几步,又退回几步。她在那里回头等我们回去认旧相识呢。"

这话并不是戏言,乃是真话。我每每劝人回国时莫存大希望;希望越大,失望越大。所以我自己回国时,并不曾怀什么大希望。果然船到了横滨,便听得张勋复辟的消息。如今在中国已住了四个月了,所见所闻,果然不出我所料。七年没见面的中国还是七年前的老相识!到上海的时候,有一天,一位朋友拉我到大舞台去看戏。我走进去坐了两点钟,出来的时候,对我的朋友说道:"这个大舞台真正是中国的一个绝妙的缩本模型。你看这

---

① 胡适1910年考取官费生赴美留学,1917年毕业回国,前后七年。

'大舞台'三个字岂不很新？外面的房屋岂不是洋房？这里面的座位和戏台上的布景装潢又岂不是西洋新式？但是做戏的人都不过是赵如泉、沈韵秋、万盏灯、何家声、何金寿这些人。没有一个不是二十年前的旧古董！我十三岁到上海的时候，他们已成了老角色了。如今又隔了十三年了，却还是他们在台上撑场面。这十三年造出来的新角色都到哪里去了呢？你再看那台上做的《举鼎观画》。那祖先堂上的布景，岂不很完备？只是那小薛蛟拿了那老头儿的书信，就此跨马加鞭，却忘记了台上布的景是一座祖先堂！又看那出《四进士》。台上布景，明明有了门了，那宋士杰却还要做手势去关那没有的门！上公堂时，还要跨那没有的门槛！你看这二十年前的旧古董在二十世纪的大舞台上做戏，装上了二十世纪的新布景，却偏要做那二十年前的旧手脚！这不是一幅绝妙的中国现势图吗？"

我在上海住了十二天，在内地①住了一个月，在北京住了两个月，在路上走了二十天，看了两件大进步的事：第一件是"三炮台"的纸烟，居然行到我们徽州去了；第二件是"扑克"牌居然比麻雀牌还要时髦了。"三炮台"纸烟还不算稀奇，只有那"扑克"牌何以会这样风行呢？有许多老先生向来学A、B、C、D是很不行的，如今打起"扑克"来，也会说"恩德"，"累死"，"接客倭彭"了！这些怪不好记的名词，何以会这样容易上口呢？他们学这些名词这样容易，何以学正经的A、B、C、D又那样蠢呢？我想这里面很有可以研究的道理。新思想行不到徽州，恐怕是因为新思想没有"三炮台"那样中吃吧？A、B、C、D不容易

---

① 或指中部地区的城市。

教,恐怕是因为教的人不得其法吧?

我第一次走过四马路①,就看见了三部教"扑克"的书。我心想"扑克"的书已有这许多了,那别种有用的书,自然更不少了,所以我就花了一天的工夫,专去调查上海的出版界。我是学哲学的,自然先寻哲学的书。不料这几年来,中国竟可以算得没有出过一部哲学书。找来找去,找到一部《中国哲学史》,内中王阳明占了四大页,《洪范》倒占了八页!还说了些"孔子既受天之命","与天地合德"的话。又看见一部《韩非子精华》,删去了《五蠹》和《显学》两篇,竟成了一部"韩非子糟粕"了。文学书内,只有一部王国维的《宋元戏曲史》是很好的。又看见一家书目上有翻译的莎士比亚剧本,找来一看,原来把会话体的戏剧,都改作了《聊斋志异》体的叙事古文!又看见一部《妇女文学史》,内中苏蕙的回文诗尼尺占了六十页!又看见《饮冰室丛著》内有《墨学微》一书,我是喜欢看看墨家的书的人,自然心中很高兴。不料抽出来一看,原来是任公先生十四年前的旧作,不曾改了一个字!此外只有一部《中国外交史》,可算是一部好书,如今居然到了三版了。这件事还可以使人乐观。此外那些新出版的小说,看来看去,实在找不出一部可看的小说。有人对我说,如今最风行的是一部《新华春梦记》,这也可以想见中国小说界的程度了。

总而言之,上海的出版界——中国的出版界——这七年来简直没有两三部以上可看的书②!不但高等学问的书一部都没有,

---

① 上海旧时路名,即现在的福州路。
② 指新书。

就是要找一部轮船上、火车上消遣的书，也找不出！（后来我寻来寻去，只寻得一部吴稚晖先生的《上下古今谈》，带到芜湖路上去看。）我看了这个怪现状，真可以放声大哭。如今的中国人，肚子饿了，还有些施粥的厂把粥给他们吃。只是那些脑子叫饿的人可真没有东西吃了。难道可以把《九尾龟》、"十尾龟"来充饥吗？

中文书籍既是如此，我又去调查现在市上最通行的英文书籍。看来看去，都是些什么莎士比亚的《威匿思商》《麦克白传》①，阿狄生②的《文报选录》，戈司密的《威克斐牧师》③，欧文的《见闻杂记》④……大概都是些十七世纪、十八世纪的书。内中有几部十九世纪的书，也不过是欧文、迭更司⑤、司各脱⑥、麦考来⑦几个人的书，都是和现在欧美的新思潮毫无关系的。怪不得我后来问起一位有名的英文教习，竟连 Bernard

---

① 现译《威尼斯商人》《麦克白》。
② 约瑟夫·阿狄生（Joseph Addison，1672—1719），英国散文家、诗人、剧作家。
③ 奥利弗·哥尔斯密（Oliver Goldsmith，1730—1774），英国作家。《威克斐牧师》现译《威克斐牧师传》。
④ 华盛顿·欧文（Washington Irving，1783—1859），美国作家，号称"美国文学之父"。《见闻杂记》现译《见闻札记》，该书实际上是十九世纪初出版的。
⑤ 查尔斯·狄更斯（Charles Dickens，1812—1870），英国作家，作品有《雾都孤儿》《大卫·科波菲尔》《双城记》等。
⑥ 沃尔特·司各特（Walter Scott，1771—1832），英国历史小说家、诗人。
⑦ 托马斯·巴宾顿·麦考莱（Thomas Babington Macaulay，1800—1859），英国历史学家、政治家。

Shaw① 的名字也不曾听见过，不要说 Tchekov② 和 Andreyev③ 了。我想这都是现在一班教会学堂出身的英文教习的罪过。这些英文教习，只会用他们先生教过的课本。他们的先生又只会用他们先生的先生教过的课本。所以现在中国学堂所用的英文书籍，大概都是教会先生的太老师或太太老师们教过的课本！怪不得和现在的思想潮流绝无关系了。

有人说，思想是一件事，文字又是一件事，学英文的人何必要读与现代新思潮有关的书呢？这话似乎有理，其实不然。我们中国学英文，和英国美国的小孩子学英文，是两样的。我们学西洋文字，不单是要认得几个洋字，会说几句洋话，我们的目的在于输入西洋的学术思想，所以我以为中国学校教授西洋文字，应该用一种"一箭射双雕"的方法，把"思想"和"文字"同时并教。例如教散文，与其用欧文的《见闻杂记》，或阿狄生的《文报选录》，不如用赫胥黎的《进化杂论》。又如教戏曲，与其教莎士比亚的《威匿思商》，不如用 Bernard Shaw 的 *Androcles and the Lion*，或是 Galsworthy④ 的 *Strike* 和 *Justice*。又如教长篇的文字，与其教麦考来的《约翰生行述》不如教弥尔的《群己权界论》……我写到这里，忽然想起日本东京丸善书店的英文书目。那书目上，凡是英美两国一年前出版的新书，大概都有。我把这书目和商务书馆、伊文思书馆的书目一比较，我几乎要羞死了。

---

① 萧伯纳（1856—1950），爱尔兰剧作家，1925年获诺贝尔文学奖。
② 安东·巴甫洛维奇·契诃夫（Anton Pavlovich Chekhov, 1860—1904），俄国作家，剧作家。
③ 列昂尼德·安德列耶夫（Leonid Andreyev, 1871—1919），俄国小说家、戏剧家。
④ 约翰·高尔斯华绥（John Galsworthy 1867-1933），英国小说家、剧作家。

我回中国所见的怪现状，最普通的是"时间不值钱"。中国人吃了饭没有事做，不是打麻雀（将），便是打"扑克"。有的人走上茶馆，泡了一碗茶，便是一天了。有的人拿一只鸟儿到处逛逛，也是一天了。更可笑的是朋友去看朋友，一坐下便生了根了，再也不肯走。有事商议，或是有话谈论，倒也罢了。其实并没有可议的事，可说的话。我有一天在一位朋友处有事，忽然来了两位客，是□□馆的人员。我的朋友走出去会客，我因为事没有完，便在他房里等他。我以为这两位客一定是来商议这□□馆中什么要事的。不料我听得他们开口道："□□先生，今回是打津浦火车来的，还是坐轮船来的？"我的朋友说是坐轮船来的。这两位客接着便说轮船怎样不便，怎样迟缓。又从轮船上谈到铁路上，从铁路上又谈到现在中交两银行的钞洋跌价。因此又谈到梁任公的财政本领，又谈到梁士诒的行踪去迹……谈了一点多钟，没有谈上一句要紧的话。后来我等得没法了，只好叫听差去请我的朋友。那两位客还不知趣，不肯就走。我不得已，只好跑了，让我的朋友去领教他们的"二梁优劣论"吧！

美国有一位大贤名弗兰克令（Benjamin Franklin）的，曾说道："时间乃是造成生命的东西。"时间不值钱，生命当然也不值钱了。上海那些拣茶叶的女工，一天拣到黑，至多不过得二百个钱，少的不过得五六十钱。茶叶店的伙计，一天做十六七点钟的工，一个月平均只拿得两三块钱！还有那些工厂的工人，更不用说了。还有那些更下等，更苦痛的工作，更不用说了。人力那样不值钱，所以卫生也不讲究，医药也不讲究。我在北京、上海看那些小店铺里和穷人家里的种种不卫生，真是一个黑暗世界。至于道路的不洁净，瘟疫的流行，更不消说了。最可怪的是无论阿猫阿狗都可挂牌医病,医死了人,也没有人怨恨,也没有人干涉。人命的不值钱,真可算得到了极端了。

现今的人都说教育可以救种种的弊病,但是依我看来,中国的教育,不但不能救亡,简直可以亡国。我有十几年没到内地去了,这回回去,自然去看看那些学堂。学堂的课程表,看来何尝不完备?体操也有,图画也有,英文也有,那些国文、修身之类,更不用说了。学堂的弊病,却正在这课程完备上。例如我们家乡的小学堂,经费自然不充足了,却也要每年花六十块钱去请一个中学堂学生兼教英文唱歌,又花了二十块钱买一架风琴。我心想,这六十块一年的英文教习,能教什么英文?教的英文,在我们山里的小地方,又有什么用处?至于那音乐一科,更无道理了。请问那种学堂的音乐,还是可以增进"美感"呢?还是可以增进音乐知识呢?若果然要教音乐,为什么不去村乡里找一个会吹笛子、唱昆腔的人来教。为什么一定要用那实在不中听的二十块钱的风琴呢?那些穷人的子弟学了音乐回家,能买得起一架风琴来练习他所学的音乐知识吗?我真是莫名其妙了。所以我在内地常说:"列位办学堂,尽不必问教育部规程是什么,须先问这块地方上最需要的是什么。譬如我们这里最需要的是农家常识、蚕桑常识、商业常识、卫生常识,列位却把修身教科书去教他们做圣贤!又把二十块钱的风琴去教他们学音乐!又请一位六十块钱一年的教习教他们的英文!列位自己想想看,这样的教育,造得出怎么样的人才?所以我奉劝列位办学堂,切莫注重课程的完备,须要注意课程的实用。尽不必去巴结视学员,且去巴结那些小百姓。视学员说这个学堂好,是没有用的。须要小百姓都肯把他们的子弟送来上学,那才是教育有成效了。"

以上说的是小学堂。至于那些中学堂的成绩，更可怕了。我遇见一位省立法政学堂的本科学生，谈了一会儿，他忽然问道："听说东文是和英文差不多的，这话可真吗？"我已经大诧异了。后来他听我说日本人总有些岛国习气，忽然问道："原来日本也在海岛上吗？"……这个固然是一个极端的例，但是如今中学堂毕业的人才，高又高不得，低又低不得，竟成了一种无能的游民。这都由于学校里所教的功课，和社会上的需要毫无关涉。所以学校只管多，教育只管兴，社会上的工人、伙计、账房、警察、兵士、农夫……还只是用没有受过教育的人。社会所需要的是做事的人才，学堂所造成的是不会做事又不肯做事的人才，这种教育不是亡国的教育吗？

我说我的"归国杂感"，提起笔来，便写了三四千字。说的都是些很可以悲观的话，但是我并不是悲观的人。我以为这二十年来中国并不是完全没有进步，不过惰性太大，向前三步又退回两步，所以到如今还是这个样子。我这回回家寻出了一部叶德辉的《翼教丛编》，读了一遍，才知道这二十年的中国实在已经有了许多大进步。不到二十年前，那些老先生们，如叶德辉、王益吾之流，出了死力去驳康有为，所以这书叫做《翼教丛编》。我们今日也痛骂康有为。二十年前的中国，骂康有为太新；二十年后的中国，却骂康有为太旧。如今康有为没有皇帝可保了，很可以做一部《翼教续编》来骂陈独秀了。这两部"翼教"的书的不同之处便是中国二十年来的进步了。

（原载1918年1月《新青年》第四卷第1号）

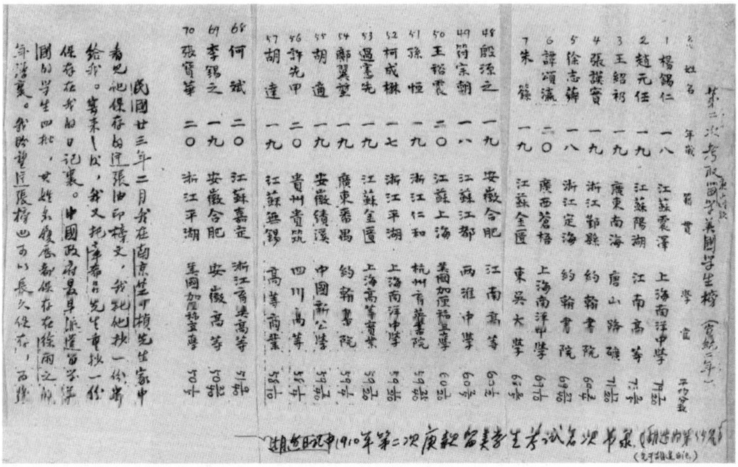

第二次考取留美國学生榜（宣統二年）

名次	姓名	年歲	籍貫	學堂	平均分數
1	楊錫仁	一八	江蘇震澤	上海南洋中學	[illegible]
2	趙元任	一九	江蘇陽湖	江南高等	[illegible]
3	王紹初	一九	廣東南海	唐山路礦	[illegible]
4	張謨實	一九	浙江鄞縣	約翰書院	[illegible]
5	徐志薌	一八	浙江定海	約翰書院	[illegible]
6	譚頌瀛	二〇	廣西蒼梧	上海南洋中學	[illegible]
7	朱箓	一九	江蘇金匱	東吳大學	[illegible]
48	殷源之	一九	安徽合肥	江南高等	[illegible]
49	符宗朝	一八	江蘇江都	兩淮中學	[illegible]
50	王裕震	二〇	江蘇上海	美國加厘福大學	[illegible]
51	孫恒	一九	浙江仁和	杭州育英書院	[illegible]
52	柯成楙	一七	浙江平湖	上海南洋中學	[illegible]
53	過憲先	一九	江蘇金匱	上海高等實業	[illegible]
54	鄺翼堃	一九	廣東番禺	約翰書院	[illegible]
55	胡適	一九	安徽績溪	中國新公學	[illegible]
56	許先甲	二〇	貴州貴筑	四川高等	[illegible]
57	胡達	一九	江蘇無錫	高等商業	[illegible]
68	何斌	二〇	江蘇嘉定	浙江育英高等	[illegible]
69	李錫之	一九	安徽合肥	安徽高等	[illegible]
70	張寶華	二〇	浙江平湖	美國加厘福大學	[illegible]

民國廿三年二月我在南京竺可楨先生家中看見他保存的這張油印榜文，我就托他抄一份寄給我。寄来了以，我又托章希呂先生重抄一份保存在我的日記裏。中國政府最早派遣留学美國的学生四批，其姓名籍居都保存在徐雨之的年譜裏。我盼望這張榜也可以長久保存，不[illegible]

胡适日记中1910年第二次庚款留美学生考试名次节录（胡适列第55名）
（见于胡适日记）

1910年第二次庚款留美学生考试榜，胡适列第55名

1917年6月，胡适归国前夕赠与老师白特生的照片

中国哲学结胎的时代

大凡一种学说，绝不是劈空从天上掉下来的。我们如果能仔细研究，定可寻出那种学说有许多前因，有许多后果。譬如一篇文章，那种学说不过是中间的一段。这一段定不是来无踪影，去无痕迹的。定然有个承上启下，承前接后的关系。要不懂他的前因，便不能懂得他的真意义。要不懂他的后果，便不能明白他在历史上的位置。这个前因，所含不止一事，第一是那时代政治社会的状态；第二是那时代的思想潮流。这两种前因、时势和思潮，很难分别。因为这两事又是互相为因果的。有时是先有那时势，才生出那思潮来；有了那种思潮，时势受了思潮的影响，一定有大变动。所以时势生思潮，思潮又生时势，时势又生新思潮。所以学术史上寻因求果的研究，是很不容易的。我们现在要讲哲学史，不可不先研究哲学发生时代的时势和那时势所发生的种种思潮。

中国古代哲学大家，独有孔子一人的生年死年，是我们所晓得的。孔子生于周灵王二十一年，当西历纪元前551年，死于周敬王四十一年，当西历前479年。孔子曾见过老子，老子比孔子至多不过大20岁，大约生于周灵王的初年，当西历前570年左右。中国哲学到了老子、孔子的时候，才可当得"哲学"两个字。我们可把老子、孔子以前的二三百年，当作中国哲学的怀胎时代。为便利起见，我们可用西历来计算如下：

前八世纪（周宣王二十八年到东周桓王二十年，西历纪元前800年到前700年）

前七世纪（周桓王二十年到周定王七年，西历前700年到前600年）

前六世纪（周定王七年到周敬王二十年，西历前600年到前500年）

这三百年可算得一个三百年的长期战争。一方面是北方戎狄的扰乱（宣王时，常与玁狁开战。幽王时，戎祸最烈。犬戎杀幽王，在西历前771年。后来周室竟东迁以避戎祸。狄灭卫，杀懿公，在前660年），一方面是南方楚吴诸国的勃兴（楚称王在前704年，吴称王在前585年）。中原的一方面，这三百年之中，哪一年没有战争侵伐的事。周初许多诸侯，早已渐渐地被十几个强国吞并去了。东迁的时候，晋、郑、鲁最强。后来鲁、郑衰了，便到了"五霸"时代。到了春秋的下半段，便成了晋楚争霸的时代了。这三个世纪中间，也不知灭了多少国，破了多少家，杀了多少人，流了多少血。只可惜那时代的政治和社会的情形，已无从详细查考了。我们如今参考《诗经》《国语》《左传》几部书，仔细研究起来，觉得那时代的时势，大概有以下情形。

第一，这长期的战争，闹得国中的百姓死亡丧乱，流离失所，痛苦不堪。如《诗经》所说：

肃肃鸨羽，集于苞栩。王事靡盬，不能蓺稷黍。父母何怙？悠悠苍天，曷其有所！（《唐风·鸨羽》）

陟彼屺兮，瞻望母兮。母曰："嗟！予季行役，夙夜无寐！上慎旃哉！犹来无弃！"（《陟岵》）

昔我往矣，杨柳依依。今我来思，雨雪霏霏。行道迟迟，载渴载饥。我心伤悲，莫知我哀！（《小雅·采薇》）何草不黄？何日不行！何人不将？经营四方。何草不玄？何人不矜？哀我征夫，独为匪民。（《小雅·何草不黄》）

中谷有蓷，暵其湿矣。有女仳离，嘅其泣矣。嘅其泣矣，何嗟及矣！（《王风·中谷有蓷》）

有兔爰爰，雉离于罗。我生之初，尚无为。我生之后，逢此百罹。尚寐无吪！（《兔爰》）

苕之华，其叶青青。知我如此，不如无生！牂羊坟首，三星在罶。人可以食，鲜可以饱！（《苕之华》）

读了这几篇诗，可以想见那时的百姓受的痛苦了。

第二，那时诸侯互相侵略，灭国破家不计其数。古代封建制度的种种社会阶级，都渐渐地消灭了，就是那些不曾消灭的阶级，也渐渐地可以互相交通了。

古代封建制度的社会最重阶级。《左传》昭十年，芋尹无宇曰："天子经略，诸侯正封，古之制也。封略之内，何非君土？食土之毛，谁非君臣？……天有十日，人有十等，下所以事上，上所以共神也。故王臣公，公臣大夫，大夫臣士，士臣皂，皂臣舆，舆臣隶，隶臣僚，僚臣仆，仆臣台，马有圉，牛有牧，以待百事。"古代社会的阶级，约有五等：

一、王（天子）

二、诸侯（公、侯、伯、子、男）

三、大夫

四、士

五、庶人（皂、舆、隶、僚、仆、台）

到了这时代，诸侯也可称王了。大夫有时比诸侯还有权势了（如鲁之三家，晋之六卿。到了后来，三家分晋，田氏代齐，更不用说了），亡国的诸侯卿大夫，有时连奴隶都比不上。《国风》上说的：

式微式微，胡不归？微君之躬，胡为乎泥中？（《邶风·式微》）

琐兮尾兮，流离之子。叔兮伯兮，褎如充耳。（《邶风·旄丘》）

可以想见当时亡国君臣的苦处了。《国风》又说：

东人之子，职劳不来。西人之子，粲粲衣服。舟人之子，熊罴是裘。私人之子，百僚是试。（《小雅·大东》）

可以想见当时下等社会的人，也往往有些"暴发户"，往往会爬到社会的上层去。再看《论语》上说的公叔文子和他的家臣大夫僎同升诸公。又看《春秋》时，饭牛的宁戚，卖作奴隶的百里奚，郑国商人弦高，都能跳上政治舞台，建功立业。可见当时的社会阶级，早已不如从前的严谨了。

第三，封建时代的阶级虽然渐渐消灭了，却新添了一种生计上的阶级。那时社会渐渐成了一个贫富很不平均的社会。富贵的太富贵了，贫苦的太贫苦了。

《国风》上所写贫苦人家的情形，不止一处（参观上文第一条）。内中写那贫富太不平均的，也不止一处。如：

小东大东，杼柚其空。纠纠葛屦，可以履霜。佻佻公子，行彼周行。既往既来，使我心疚。（《小雅·大东》）

纠纠葛屦，可以履霜。掺掺女手，可以缝裳。要之襋之，好人服之。好人提提，宛然左辟。佩其象揥，维是褊心。是以为刺。（《魏风·葛屦》）

这两篇竟像英国虎德的《缝衣歌》的节本。写的是那时代的资本家雇用女工，把那"掺掺"女子的血汗工夫，来做他们发财的门径。葛屦本是夏天穿的，如今这些穷工人到了下霜下雪的时候，也还穿着葛屦。怪不得那些慈悲的诗人忍不过要痛骂了。又如：

彼有旨酒，又有嘉肴。洽比其邻，婚姻孔云。念我独兮，忧心殷殷。佌佌彼有屋，蔌蔌方有谷。民今之无禄，天夭是椓。哿矣富人，哀此惸独！（《小雅·正月》）

这也是说贫富不平均的。更动人的，是下面的一篇：

坎坎伐檀兮，置之河之干兮。河水清且涟猗。不稼不穑，胡

取禾三百廛兮！不狩不猎，胡瞻尔庭有县貆兮！彼君子兮，不素餐兮！（《魏风·伐檀》）

这竟是近时社会党攻击资本家不该安享别人辛苦得来的利益的话了！

第四，那时的政治，除了几国之外，大概都是很黑暗、很腐败的王朝政治。

我们读《小雅》的《节南山》《正月》《十月之交》《雨无正》几篇诗，也可以想见了。其他各国的政治内幕，我们也可想见一二。例如《邶风·北门》《齐风·南山》《敝笱》《载驱》《桧风·匪风》《鄘风·鹑之奔奔》《秦风·黄鸟》《曹风·候人》《王风·兔爰》《陈风·株林》。

写得最明白的，莫如：

人有土田，女反有之。人有民人，女覆夺之。此宜无罪，女反收之。彼宜有罪，女覆说之。（《大雅·瞻卬》）

最痛快的，莫如：

硕鼠硕鼠，无食我黍！三岁贯女，莫我肯顾。逝将去汝，适彼乐土。乐土乐土，爰得我所。（《硕鼠》）

又如：

匪鹑匪鸢，翰飞戾天。匪鳣匪鲔，潜逃于渊。（《小雅·四月》）

这首诗写虐政不可逃,更可怜了。还不如:

鱼在于沼,亦匪克乐。潜虽伏矣,亦孔之炤。忧心惨惨,念国之为虐!(《正月》)

这诗说即使人都变做鱼,也没有乐趣的。这时的政治,也就可想而知了。

这四种现象:一、战祸连年,百姓痛苦;二、社会阶级渐渐消灭;三、生计现象贫富不均;四、政治黑暗,百姓愁怨。大约可以算得那时代的大概情形了。

(选自《中国哲学史大纲》,出版于1919年2月)

多研究些问题,少谈些"主义"

本报《每周评论》第二十八号里,我曾说过:

"现在舆论界的大危险,就是偏向纸上的学说,不去实地考察中国今日的社会需要究竟是什么东西。那些提倡尊孔祀天的人,固然是不懂得现时社会的需要。那些迷信军国民主义或无政府主义的人,就可算是懂得现时社会的需要么?

"要知道舆论家的第一天职,就是细心考察社会的实在情形。一切学理,一切'主义',都是这种考察的工具。有了学理作参考材料,便可使我们容易懂得所考察的情形,容易明白某种情形有什么意义,应该用什么救济的方法。"

我这种议论,有许多人一定不愿意听。但是前几天北京《公言报》《新民国报》《新民报》(皆安福部的报)和日本文的《新支那报》,都极力恭维安福部首领王揖唐主张民生主义的演说,并且恭维安福部设立"民生主义的研究会"的办法。有许多人自然嘲笑这种假充时髦的行为,但是我看了这种消息,发生一种感想。这种感想是:"安福部也来高谈民生主义了,还不够给我们这班新舆论家一个教训吗?"什么教训呢?这可分三层说。

第一，空谈好听的"主义"，是极容易的事，是阿猫阿狗都能做的事，是鹦鹉和留声机器都能做的事。

第二，空谈外来进口的"主义"，是没有什么用处的。一切主义都是某时某地的有心人，对于那时那地的社会需要的救济方法。我们不去实地研究我们现在的社会需要，单会高谈某某主义，好比医生单记得许多汤头歌诀，不去研究病人的症候，如何能有用呢？

第三，偏向纸上的"主义"，是很危险的。这种口头禅很容易被无耻政客利用来做种种害人的事。欧洲政客和资本家利用国家主义的流毒，都是人所共知的。现在中国的政客，又要利用某种某主义来欺人了。罗兰夫人说："自由自由，天下多少罪恶，都是借你的名做出的！"一切好听的主义，都有这种危险。

这三条合起来看，可以看出"主义"的性质。凡"主义"都是应时势而起的。某种社会，到了某时代，受了某种的影响，呈现某种不满意的现状。于是有一些有心人，观察这种现象，想出某种救济的法子。这是"主义"的原起。"主义"初起时，大都是一种救时的具体主张。后来这种主张传播出去，传播的人要图简便，便用一两个字来代表这种具体的主张，所以叫他做"某某主义"。主张成了"主义"，便由具体的计划，变成一个抽象的名词。"主义"的弱点和危险，就在这里。因为世间没有一个抽象名词能把某人某派的具体主张都包括在里面。比如"社会主义"一个名词，马克思的社会主义和王揖唐的社会主义不同；你的社会主义和我的社会主义不同。绝不是这一个抽象名词所能包括。你谈你的社会主义，我谈我的社会主义，王揖唐又谈他的社会主义，同用一个名词，中间也许隔开七八个世纪，也许隔开两三万里路，然而你和我和王揖唐都可自称社会主义家，都可用这一个抽象名词来骗人。这不是"主义"的大缺点和大危险吗？

我再举现在人人嘴里挂着的"过激主义"做一个例：现在中国有几个人知道这一个名词做何意义？但是大家都痛恨痛骂"过激主义"，内务部下令严防"过激主义"，曹锟也行文严禁"过激主义"，卢永祥也出示查禁"过激主义"。前两个月，北京有几个老官僚在酒席上叹气，说"不好了，过激派到了中国了"。前两天有一个小官僚，看见我写的一把扇子，大诧异道："这不是过激党胡适吗？"哈哈，这就是"主义"的用处！

我因为深觉得高谈"主义"的危险，所以我现在奉劝新舆论界的同志道："请你们多提出一些问题，少谈一些纸上的'主义'。"

更进一步说："请你们多多研究这个问题如何解决，那个问题如何解决，不要高谈这种'主义'如何新奇，那种'主义'如何奥妙。"

现在中国应该赶紧解决的问题，真多得很。从人力车夫的生计问题，到大总统的权限问题；从卖淫问题到卖官卖国问题；从解散安福部问题到加入国际联盟问题；从女子解放问题到男子解放问题……哪一个不是火烧眉毛的紧急问题？

我们不去研究人力车夫的生计，却去高谈社会主义；不去研究女子如何解放，家庭制度如何救正，却去高谈公妻主义和自由恋爱；不去研究安福部如何解散，不去研究南北问题如何解决，却去高谈无政府主义。我们还要得意扬扬夸口道："我们所谈的是根本解决。"老实说罢，这是自欺欺人的梦话，这是中国思想界破产的铁证，这是中国社会改良的死刑宣告！

为什么谈"主义"的人那么多，为什么研究问题的人那么少呢？这都由于一个"懒"字。懒的定义是避难就易。研究问题是极困难的事，高谈"主义"是极容易的事。比如研究安福部如何解散，研究南北和议如何解决，这都是要费工夫，挖心血，收集材料，征求意见，考察情形，还要冒险吃苦，方才可以得一种解决的意见。又没有成例可援，又没有黄梨洲、柏拉图的话可引，又没有《大英百科全书》可查，全凭研究考察的工夫，这岂不是难事吗？高谈无政府主义便不同了。买一两本实社《自由录》，看一两本西文无政府主义的小册子，再翻一翻《大英百科全书》，便可以高谈无忌了：这岂不是极容易的事吗？

高谈"主义"，不研究问题的人，只是畏难求易，只是懒。

凡是有价值的思想，都是从这个那个具体的问题下手的。先研究了问题的种种方面的种种事实，看看究竟病在何处，这是思想的第一步工夫。然后根据于一生经验学问，提出种种解决的方法，提出种种医药的丹方，这是思想的第二步工夫。然后用一生的经验学问，加上想象的能力，推想每一种假定的解决法，该有什么样的效果，推想这种效果是否真能解决眼前这个困难问题。推想的结果，拣定一种假定的解决，认为我的主张，这是思想的第三步工夫。凡是有价值的主张，都是先经过这三步工夫来的。不如此，不算舆论家，只可算是抄书手。

读者不要误会我的意思。我并不是劝人不研究一切学说和一切"主义"。学理是我们研究问题的一种工具。没有学理做工具，就如同王阳明对着竹子痴坐，妄想"格物"，那是做不到的事。种种学说和主义，我们都应该研究。有了许多学理做材料，见了具体的问题，方才能寻出一个解决的方法。但是我希望中国的舆论家，把一切"主义"摆在脑背后，做参考资料，不要挂在嘴上做招牌，不要叫一知半解的人拾了这些半生不熟的"主义"，去做口头禅。

"主义"的大危险，就是能使人心满意足，自以为寻着包医百病的"根本解决"，从此用不着费心力去研究这个那个具体问题的解决法子了。

（原载1919年8月24日《新生活》第1期，署名适之）

什么是文学

——答钱玄同

我常说:"语言文字都是人类达意表情的工具。达意达得好,表情表得妙,便是文学。"

但是怎样才是"好"与"妙"呢?这就很难说了。我曾用最浅近的话说明如下:"文学有三个要件:第一要明白清楚,第二要有力能动人,第三要美。"

因为文学不过是最能尽职的语言文字,因为文学的基本作用(职务)还是"达意表情",故第一个条件是要把感情或意,明白清楚地表出、达出,使人懂得,使人容易懂得,使人决不会误解。请看下例:

蘖坞芝房,一点中池。生来易惊。笑金钗卜就,先能断决;犀珠镇后,才得和平。楼响登难,房空怯最,三斗除非借酒倾。芳名早,唤狗儿吹笛,伴取歌声。

沉郁何事牵情?消不觉人前太息轻。怕残灯枕外,帘旌蝙拂;幽期夜半,窗户鸡鸣。愁髓频寒,回肠易碎,长是心头苦暗并。天边月,纵团栾如镜,难照分明。

这首《沁园春》是从《曝书亭集》卷二十八、页八，抄出来的。你是一位大学的国文教授，你可看得懂他"咏"的是什么东西吗？若是你还看不懂，那么，他就通不过这第一场"明白"（"懂得性"）的试验。它是一种玩意儿，连"语言文字"的基本作用都够不上，哪配称为"文学"！

懂得还不够。还要人不能不懂得；懂得了，还要人不能不相信，不能不感动。我要他高兴，他不能不高兴；我要他哭，他不能不哭；我要他崇拜我，他不能不崇拜我；我要他爱我，他不能不爱我。这是"有力"。这个，我可以叫他做"逼人性"。

我又举一例：

血府当归生地桃，红花甘草壳赤芍，
柴胡芎桔牛膝等，血化下行不作劳。

这是"血府逐瘀汤"的歌诀。这一类的文字，只有"记账"的价值，绝不能动人，绝没有"逼人"的力量，故也不能算文学。大多数的中国旧"文学"，如碑版文字，如平铺直叙的史传，都属于这一类。

我读齐缚文，书阙乏左证。独取圣枕字，古谊藉以正。亲础偶考妣，从女疑非敬。《说文》有枕字，乃训祀司命。此文两皇枕，配祖义相应。幸得三代物，可与波长诤……（李慈铭《齐子仲姜镈二首为郑庵赋》）

这一篇你（大学的国文教授）看了一定大略明白，但他决不能感动你，决不能使你有情感上的感动。

第三是"美"。我说，孤立的美，是没有的。美就是"懂得性"（明白）与"逼人性"（有力）二者加起来自然发生的结果。例如"五月榴花照眼明"一句，何以"美"呢？美在用的是"明"字。我们读这个"明"字不能不发生一树鲜明逼人的榴花的印象。这里面含有两个分子：一、明白清楚；二、明白之至，有逼人而来的"力"。

再看《老残游记》的一段：

那南面山上，一条白光，映着月色，分外好看。一层一层的山岭，却分辨不清；又有几片白云在里面，所以分不出是云是山。及至定睛看去，方才看出那是云那是山来。虽然云是白的，山也是白的，云有亮光，山也有亮光；只因为月在云上，云在月下，所以云的亮光从背后透过来。那山却不然的：山的亮光由月光照在山上，被那山上的雪反射过来，所以光是两样了。然只稍近的地方如此。那山望东去，越望越远，天也是白的，山也是白的，云也是白的，就分辨不出来。

这一段无论是何等顽固古文家都不能不承认是"美"。美在何处呢？也只有两个分子：第一是明白清楚；第二是明白清楚之至。故有逼人而来的影像。除了这两个分子之外，还有什么孤立的"美"吗？没有了。

你看我这个界说怎样？我不承认什么"纯文"与"杂文"。无论什么文（纯文与杂文，韵文与非韵文）都可分作"文学的"与"非文学的"两项。

（本篇最初收入上海亚东图书馆1921年5月初版《胡适文存》）

研究国故的方法

研究国故,在现时确有这种需要,但是一般青年,对于中国本来的文化和学术,都缺乏研究的兴趣。讲到研究国故的人,真是很少,这原也怪不得他们,实有以下两种原因:一、古今比较起来,旧有的东西就很易现出破绽,在中国科学一方面,当然是不足道的,就是道德和宗教,也都觉浅薄得很,这样当然不能引起青年们的研究兴趣;二、中国的国故书籍,实在太没有系统了。

历史书一本有系统的也找不到,哲学也是如此,就是文学一方面,《诗经》总算是世界文学上的宝贝。但假使我们去研究《诗经》,竟没有一本书能供给我们做研究的资料的。原来中国的书籍,都是为学者而设,非为普通人一般人的研究而作的。所以青年们要研究,也就无从研究起。我很望诸君对于国故,有些研究的兴趣,来下一番真实的工夫,使它成为有系统的。对于国故,亟应起来整理,方能使人有研究的兴趣,并能使有研究兴趣的人容易去研究。

"国故"的名词，比"国粹"好得多。自从章太炎著了一本《国故论衡》之后，这"国故"的名词于是成立。如果讲是"国粹"，就有人讲是"国渣"，"国故"（National Past）这个名词是中立的。我们要明了现社会的情况，就得去研究国故。古人讲，知道过去才能知道现在。国故专讲国家过去的文化，要研究它，就不得不注意以下四种方法。

一、历史的观念

现在一般青年，所以对于国故没有研究兴趣的缘故，就是没有历史的观念。

我们看旧书，可当它作历史看。清乾隆时，有个叫章学诚的，著了一本《文史通义》，上边说"六经皆史也"。我现在进一步来说："一切旧书——古书——都是史也。"本了历史的观念，就不由而然地生出兴趣了。如道家炼丹修命，确是很荒谬的，不值识者一笑。但本了历史的观念，看看它究竟荒谬到了什么田地，亦是很有趣的。把旧书当作历史看，知它好到什么地步，或是坏到什么地步，这是研究国故方法的起点，是叫"开宗明义"第一章。

二、疑古的态度

疑古的态度，简要言之，就是"宁可疑而错，不可信而错"十个字。譬如《书经》，有《今文尚书》和《古文尚书》之别。

有人说，《古文尚书》是假的，《今文尚书》有一部分是真的，余外一部分，到了清时，才有人把它证明是假的。但是现在学校里边，并没把假的删去，仍旧读它全书，这是我们应该怀疑的。至于《诗经》，本有三千篇，被孔子删剩十分之一，只得了三百篇。《关雎》这一首诗，孔子把它列在第一首，这首诗是很好的。内容是一很好的女子，有一男子要伊做妻子，但这事不易办到，于是男子"寤寐求之"，连睡在床上都要想伊，更要"悠哉悠哉，辗转反侧"呢！这能表现一种很好的爱情，是一首爱情的相思诗。后人误会，生了许多误解，竟牵到旁的问题上去。所以疑古的态度有两方面好讲：一、疑古书的真伪；二、疑真书被那山东老学究弄伪的地方。我们疑古的目的，是在得其"真"，就是疑错了，亦没有什么要紧。我们知道，哪一个科学家是没有错误的？假使信而错，那就上当不浅了！自己固然一味迷信，情愿做古人的奴隶，但是还要引旁人亦入于迷途呢！我们一方面研究，一方面就要怀疑，庶能不上老当呢？如中国的历史，从盘古氏一直相传下来，年代都是有"表"的，"像煞有介事"，看来很是可信。但是我们要怀疑，这怎样来的呢？根据什么呢？我们总要"打破砂锅问到底"，究其来源怎样，要知道这年月的计算，有的是从伪书来的，大部分还是宋朝一个算命先生，用算盘打出来的呢。这哪能信呢！我们是不得不去打破它的。

在东周以前的历史，是没有一字可以信的。以后呢，大部分也是不可靠的。如《禹贡》这一章书，一般学者都承认是可靠的。据我用历史的眼光看来，也是不可靠的，我敢断定它是伪的。在夏禹时，中国难道竟有这般大的土地么？四部书里边的经、史、子三种，大多是不可靠的。我们总要有疑古的态度才好！①

三、系统的研究

古时的书籍，没有一部书是"著"的。中国的书籍虽多，但有系统的著作，竟找不到十部。我们研究无论什么书籍，都宜要寻出它的脉络，研究它的系统，所以我们无论研究什么东西，就须从历史方面着手。要研究文学和哲学，就得先研究文学史和哲学史。政治亦然。研究社会制度，亦宜先研究其制度沿革史，寻出因果的关系，前后的关键，要从没有系统的文学、哲学、政治等等里边，去寻出系统来。

有人说，中国几千年来没有进步，这话荒谬得很，足妨害我们研究的兴趣。更有一外国人，著了一部世界史，说中国自从唐代以后，就没有进步了，这也不对。我们定要去打破这种思想的。总之，我们是要从从前没有系统的文学、哲学、政治里边，以客观的态度，去寻出系统来的。

四、整理

整理国故，能使后人研究起来，不感受痛苦。整理国故的目的，就是要使从前少数人懂得的，现在变为人人能解的。整理的

---

① 自二十世纪初关于东方文明与西方文明的分野、各自特点、性质及长短优劣的争论一直持续至今，该处是胡适先生一种严谨治学的表达，切勿断章取义。（编辑注）

条件，可分形式、内容两方面讲：

一、形式方面，加上标点和符号，替它分开段落来；

二、内容方面，加上新的注解，折中旧有的注解，并且加上新的序跋和考证，还要讲明书的历史和价值。

我们研究国故，非但为学识起见，并为诸君起见，更为诸君的兄弟姊妹起见。国故的研究，于教育上实有很大的需要。我们虽不能做创造者，但我们当做运输人——这是我们的责任，这种人是不可少的。

（本文为1921年7月胡适在东南大学的演讲，枕薪记录，原载1921年8月4日上海《民国日报·觉悟》副刊，又载1921年8月25日《东方杂志》第18卷第16期）

思想的方法[①]

我在这十年之中,出版了三集《胡适文存》,约计有一百四五十万字。我希望少年学生能读我的书,故用报纸印刷,要使定价不贵。但现在三集的书价已在七元以上,贫寒的中学生已无力全买了。字数近百五十万,也不是中学生能全读的了。所以我现在从这三集里选出了二十二篇论文,印作一册,预备给国内的少年朋友们作一种课外读物。如有学校教师愿意选我的文字作课本的,我也希望他们用这个选本。

我选的这二十二篇文字,可以分作五组。

第一组六篇,泛论思想的方法。

第二组三篇,论人生观。

第三组三篇,论中西文化。

第四组六篇,代表我对于中国文学的见解。

第五组四篇,代表我对于整理国故问题的态度与方法。

为读者的便利起见,我现在给每一组作一个简短的提要,使我的少年朋友们容易明白我的思想的路径。

[①] 选自《胡适文选》中的自序。题目为编者所拟。

一

第一组收的文字是《演化论与存疑主义》《杜威先生与中国》《杜威论思想》《问题与主义》《新生活》《新思潮的意义》。

我的思想受两个人的影响最大：一个是赫胥黎，一个是杜威先生。赫胥黎教我怎样怀疑，教我不信任一切没有充分证据的东西。杜威先生教我怎样思想，教我处处顾到当前的问题，教我把一切学说理想都看作待证的假设，教我处处顾到思想的结果。这两个人使我明了科学方法的性质与功用，故我选前三篇介绍这两位大师给我的少年朋友们。

从前陈独秀先生曾说，实验主义和辩证法的唯物史观是近代两个最重要的思想方法，他希望这两种方法能合作一条联合战线。这个希望是错误的。辩证法出于海德格尔的哲学，是生物进化论成立以前的玄学方法。实验主义是生物进化论出世以后的科学方法。这两种方法所以根本不相容，只是因为中间隔了一层达尔文主义。达尔文的生物演化学说给了我们一个大教训：就是教我们明了生物进化，无论是自然的演变，或是人为的选择，都由于一点一滴的变异，所以是一种很复杂的现象，决没有一个简单的目的地可以一步跳到，更不会有一步跳到之后可以一成不变。辩证法的哲学本来也是生物学发达以前的一种进化理论；依他本身的理论，这个一正一反相毁相成的阶段应该永远不断地呈现。这样的化复杂为简，这样的根本否定演变的继续便是十足的达尔文以前的武断思想，比那顽固的海德格尔更顽固了。

实验主义从达尔文主义出发，故只能承认一点一滴的、不断的改进是真实可靠的进化。我在《问题与主义》和《新思潮的意义》两篇里，只发挥这个根本观念。我认定民国六年（1917）以后的新文化运动的目的是再造中国文明，而再造文明的途径全靠研究一个个的具体问题。我说：

> 文明不是笼统造成的，是一点一滴地造成的。进化不是一晚上笼统进化的，是一点一滴地进化的。现今的人爱谈"解放"与"改造"，须知解放不是笼统解放，改造也不是笼统改造。解放是这个那个制度的解放，这种那种思想的解放，这个那个人的解放：都是一点一滴地解放。改造是这个那个制度的改造，这种那种思想的改造，这个那个人的改造：都是一点一滴地改造。
>
> 再造文明的下手工夫是这个那个问题的研究。再造文明的进行是这个那个问题的解决。

我这个主张在当时最不能得各方面的了解。当时（1919）承"五四""六三"之后，国内正倾向于谈主义，我预料到这个趋势的危险，故发表《多研究些问题，少谈些主义》的警告。我说：

> 凡是有价值的思想，都是从这个那个具体的问题下手的。先研究了问题的种种方面的种种事实，看看究竟病在何处，这是思想的第一步工夫。然后根据于一生的经验学问，提出种种解决的方法，提出种种医病的丹方，这是思想的第二步工夫。然后用一生的经验学问，加上想象的能力，推思每一种假定的解决法应该可以有什么样的效果，更推想这种效果是否真能解决眼前这个困

难问题。推想的结果，拣定一种假定的（最满意的）解决，认为我的主张，这是思想的第三步工夫。凡是有价值的主张，都是先经过这三步工夫来的。

我又说：

一切主义，一切学理，都该研究。但只可认作一些假设的（待证的）见解，不可认作天经地义的信条；只可认作参考印证的材料，不可奉为金科玉律的宗教；只可用作启发心思的工具，切不可用作蒙蔽聪明，停止思想的绝对真理。如此方才可以渐渐养成人类的创造的思想力，方才可以渐渐使人类有解决具体问题的能力，方才可以渐渐解放人类对于抽象名词的迷信。

这些话是民国八年七月（1919年7月）写的。于今已隔了十几年，当日和我讨论的朋友，一个已被杀死了，一个也颓唐了，但这些话字字句句都还可以应用到今日思想界的现状。十几年前我所预料的种种危险——"目的热"而"方法盲"，迷信抽象名词，把主义用作蒙蔽聪明、停止思想的绝对真理——都显现在眼前了。所以我十分诚恳地把这些老话贡献给我的少年朋友们，希望他们不可再走错了思想的路子。

《新生活》一篇，本是为一个通俗周报写的。十几年来，这篇短文走进了中小学的教科书里，读过的人应该在一千万以上了。但我盼望读过此文的朋友们把这篇短文放在同组的五篇里重新读一遍。赫胥黎教人记得一句"拿证据来！"我现在教人记得一句"为什么？"少年的朋友们，请仔细想想：你进学校是为什么？你进一个政党是为什么？你努力做革命工作是为什么？革命是为了什么而革命？政府是为了什么而存在？

请大家记得：人同畜生的分别，就在这个"为什么"上。

二

第二组的文字只有三篇，是《〈科学与人生观〉序》《不朽》《易卜生主义》。

这三篇代表我的人生观，代表我的宗教。

《易卜生主义》一篇写得最早，最初的英文稿是民国三年（1914）在康奈尔大学哲学会宣读的，中文稿是民国七年（1918）写的。易卜生最可代表十九世纪欧洲的个人主义的精华，故我这篇文章只写得一种健全的个人主义的人生观。这篇文章在民国七八年间所以能有最大的兴奋作用和解放作用，也正是因为它所提倡的个人主义在当时确是最新鲜又最需要的一针注射。

娜拉抛弃了家庭丈夫儿女，飘然而去，只因为她觉悟了她自己也是一个人，只因为她感觉到她"无论如何，务必努力做一个人。"这便是易卜生主义，易卜生说：

> 我所最期望于你的是一种真实纯粹的为我主义，要使你有时觉得天下只有关于你的事最要紧，其余的都算不得什么……你要想有益于社会，最好的法子莫如把你自己这块材料铸造成器……有的时候我真觉得全世界都像海上撞沉了船，最要紧的还是救出自己。

这便是最健全的个人主义。救出自己的唯一法子便是把你自己这块材料铸造成器。把自己铸造成器，方才可以希望有益于社会。真实的为我，便是最有益的为人。

把自己铸造成了自由独立的人格，你自然会不知足，不满意于现状，敢说老实话，敢攻击社会上的腐败情形，做一个"贫贱不能移，富贵不能淫，威武不能屈"的斯铎曼医生。斯铎曼医生为了说老实话，为了揭穿本地社会的黑幕，遂被全社会的人喊作"国民公敌"。但他不肯避"国民公敌"的恶名，他还要说老实话。他大胆地宣言：

世上最强有力的人就是那最孤立的人！

这也是健全的个人主义的真精神。

这个个人主义的人生观一面教我们学娜拉，要努力把自己铸造成个人，一面教我们学斯铎曼医生，要特立独行，敢说老实话，敢向恶势力作战。少年的朋友们，不要笑这是十九世纪维多利亚时代的陈腐思想！我们去维多利亚时代还老远哩。欧洲有了十八、十九世纪的个人主义，造出了无数爱自由过于面包，爱真理过于生命的特立独行之士，方才有今日的文明世界。

现在有人对你们说："牺牲你们个人的自由，去求国家的自由！"我对你们说："争你们个人的自由，便是为国家争自由！争你们自己的人格，便是为国家争人格！自由平等的国家不是一群奴才建造得起来的！"

《〈科学与人生观〉序》一篇略述民国十二年（1923）的中国思想界里的一场大论战的背景和内容（我盼望读者能参读《文存三集》中《几个反理学的思想家》的吴敬恒一篇）。在此序的末段，我提出我所谓"自然主义的人生观"。这不过是一个轮廓，我希望少年的朋友们不要仅仅接受这个轮廓，我希望他们能把这十条都拿到科学教室和实验室里去细细证实或否证。

这十条的最后一条是：

根据生物学及社会学的知识，叫人知道个人——"小我"——是要死灭的，而人类——"大我"——是不死的，不朽的；叫人知道"为全种万世而生活"就是宗教，就是最高的宗教，而那些替个人谋死后的天堂净土的宗教乃是自私自利的宗教。

这个意思在这里说的太简单了，读者容易起误解。所以我把《不朽》一篇收在后面，专说明这一点。

我不信灵魂不朽之说，也不信天堂地狱之说，故我说这个小我是会死灭的。死灭是一切生物的普遍现象，不足怕，也不足惜。但个人自有他的不死不灭的部分：他的一切作为，一切功德罪恶，一切语言行事，无论大小，无论善恶，无论是非，都在那大我上留下不能磨灭的结果和影响。他吐一口痰在地上，也许可以毁灭一村一族。他起一个念头，也许可以引起几十年的血战。他也许"一言可以兴邦，一言可以丧邦"。善亦不朽，恶亦不朽；功盖万世固然不朽，种一担谷子也可以不朽，喝一杯酒，吐一口痰也可以不朽。古人说："一出言而不敢忘父母，一举足而不敢忘父母。"我们应该说："说一句话而不敢忘这句话的社会影响，走一步路而不敢忘这步路的社会影响。"这才是对于大我负责任。能如此做，便是道德，便是宗教。

这样说法，并不是推崇社会而抹煞个人。这正是极力抬高个人的重要。个人虽渺小，而他的一言一动都在社会上留下不朽的痕迹，芳不止流百世，臭也不止遗万年，这不是绝对承认个人的重要吗？成功不必在我，也许在我千百年后，但没有我也绝不能成功。毒害不必在眼前，"我躬不阅，遑恤我后！"后而我岂能不负这毒害的责任？今日的世界便是我们的祖宗积的德，造的孽。未来的世界全看我们自己积什么德或造什么孽。世界的关键全在我们手里，真如古人说的"任重而道远"，我们岂可错过这绝好的机会，放下这绝重大的担子？

有人对你说，"人生如梦"。就算是一场梦罢，可是你只有这一个做梦的机会。岂可不振作一番，做一个痛痛快快轰轰烈烈的梦？

有人对你说，"人生如戏"。就说是做戏罢，可是，吴稚晖先生说的好："这唱的是义务戏，自己要好看才唱；谁便无端的自己扮作跑龙套，辛苦地出台，止算作没有呢？"

其实人生不是梦，也不是戏，是一件最严重的事实。你种谷子，便有人充饥；你种树，便有人砍柴，便有人乘凉；你拆烂污，便有人遭瘟；你放野火，便有人烧死。你种瓜便得瓜，种豆便得豆，种荆棘便得荆棘。少年的朋友们，你爱种什么？你能种什么？

三

第三组的文字，也只有三篇：《我们对于西洋近代文明的态度》《漫游的感想》《请大家来照照镜子》。

在这三篇里，我很不客气地指摘我们的东方文明，很热烈地颂扬西洋的近代文明。

人们常说东方文明是精神的文明，西方文明是物质的文明，或唯物的文明。这是有夸大狂的妄人捏造出来的谣言，用来遮掩我们的羞脸的。其实一切文明都有物质和精神的两部分：材料都是物质的，而运用材料的心思才智都是精神的。木头是物质；而刳木为舟，构木为屋，都靠人的智力，那便是精神的部分。器物越完备复杂，精神的因子越多。一只蒸汽锅炉，一辆摩托车，一部有声电影机器，其中所含的精神因子比我们老祖宗的瓦罐、大车、毛笔多得多了。我们不能坐在舢板船上自夸精神文明，而嘲笑五万吨大汽船是物质文明。

但物质是倔强的东西，你不征服他，他便是征服你。东方人在过去的时代，也曾制造器物，做出一点利用厚生的文明。但后世的懒惰子孙得过且过，不肯用手用脑去和物质抗争，并且编出"不以人易天"的懒人哲学，于是不久便被物质战胜了。天旱了，只会求雨；河决了，只会拜金龙大王；风浪大了，只会祷告观音菩萨或天后娘娘。荒年了，只好逃荒去；瘟疫来了，只好闭门等死；病上身了，只好求神许愿。树砍完了，只好烧茅草；山都精光了，只好对着叹气。这样又愚又懒的民族，不能征服物质，便完全被压死在物质环境之下，成了一分像人九分像鬼的不长进民族。所以我说：

这样受物质环境的拘束与支配，不能跳出来，不能运用人的心思智力来改造环境改良现状的文明，是懒惰不长进的民族的文明，是真正唯物的文明。反过来看看西洋的文明，这样充分运用人的聪明智慧来寻求真理以解放人的心灵，来制服天行以供人用，来改造物质的环境，来改革社会政治的制度，来谋人类最大多数的最大幸福——这样的文明是精神的文明。

这是我的东西方文化论的大旨。

少年的朋友们，现在有一些妄人要煽动你们的夸大狂，天天要你们相信中国的旧文化比任何国高，中国的旧道德比任何国好。还有一些不曾出国门的愚人鼓起喉咙对你们喊道："往东走！往东走！西方的这一套把戏是行不通的了！"

我要对你们说：不要上他们的当！不要拿耳朵当眼睛！睁开眼睛看看自己，再看看世界。我们如果还想把这个国家整顿起来，如果还希望这个民族在世界上占一个地位——只有一条生路，就是我们自己要自省。我们必须承认我们自己百事不如人，不但物质机械上不如人，不但政治制度不如人，并且道德不如人，知识不如人，文学不如人，音乐不如人，艺术不如人，身体不如人。

肯认错了，方才肯死心塌地地去学人家。不要怕模仿，因为模仿是创造的必要预备工夫。不要怕丧失我们自己的民族文化，因为绝大多数人的惰性已尽够保守那旧文化了，用不着你们少年人去担心。你们的职务在进取，不在保守。

请大家认清我们当前的紧急问题。我们的问题是救国，救这衰病的民族，救这半死的文化。在这件大工作的历程里，无论什么文化，凡可以使我们起死回生，返老还童的，都可以充分采用，都应该充分收受。我们救国建国，正如大匠建屋，只求材料可以应用，不管他来自何方。

四

第四组的文字有六篇：《建设的文学革命论》《〈尝试集〉自序》《文学进化观念》《国语的进化》《文学革命运动》《〈词选〉自序》。

这里有一部分是叙述文学革命运动的经过的，有一部分是我自己对于文学的见解。

我在这十几年的中国文学革命运动上，如果有一点点贡献，我的贡献只在：

一、我指出了"用白话作新文学"的一条路子；

二、我供给了一种根据历史事实的中国文学演变论，使人明了国语是古文的进化，使人明了白话文学在中国文学史上占什么地位；

三、我发起了白话新诗的尝试。

这些文字都可以表出我的文学革命论也只是进化论和实验主义的一种实际应用。

五

第五组的文字有四篇，《〈国学季刊〉发刊宣言》《古史讨论的读后感》《〈红楼梦〉考证》《治学的方法与材料》。这都是关于整理国故的文字。

《季刊宣言》是一篇整理国故的方法总论，有三个要点：

第一，用历史的眼光来扩大研究的范围；

第二，用系统的整理来部勒研究的资料；

第三，用比较的研究来帮助材料的整理与解释。

这一篇是一种概论，故未免觉得太悬空一点。以下的两篇便是两个具体的例子，都可以说明历史考证的方法。

《古史讨论》一篇，在我的《文存》里要算是最精彩的方法论。这里面讨论了两个基本方法：一个是用历史演变的眼光来追求传说的演变，一个是用严格的考据方法来评判史料。

顾颉刚先生在他的《古史辨》的自序里曾说，他从我的《〈水浒传〉考证》和《井田辨》等文字里得着历史方法的暗示。这个方法便是用历史演化的眼光来追求每一个传说演变的历程。我考证《水浒》的故事，包公的传说，狸猫换太子的故事，井田的制度，都用这个方法。顾先生用这方法来研究中国古史，曾有很好的成绩。顾先生说得最好："我们看史迹的整理还轻而看传说的经历却重。凡是一件史事，应看他最先是怎样，以后逐步逐步地变迁是怎样。"其实对于纸上的古史迹，追求其演变的步骤，便是整理它了。

在这篇文字里，我又略述考证的方法，我说，我们对于"证据"的态度是：一切史料都是证据。但史家要问：

一、这种证据是在什么地方寻出的？

二、什么时候寻出的？

三、什么人寻出的？

四、依地方和时候上看起来，这个人有做证人的资格吗？

五、这个人虽有证人资格，而他说这句话时有作伪（无心的，或有意的）的可能吗？

《〈红楼梦〉考证》诸篇只是考证方法的一个实例。我说：

我觉得我们做《红楼梦》的考证，只能在"著者"和"本子"两个问题上着手；只能运用我们力所能搜集的材料，参考互证，然后抽出一些比较的最近情理的结论。这是考证学的方法。我在这篇文章里，处处想撇开一切先入的成见，处处存一个搜求证据的目的，处处尊重证据，让证据做向导，引我到相当的结论上去。

这不过是赫胥黎、杜威的思想方法的实际应用。我的几十万字的小说考证，都只是用一些"深切而著明"的实例来教人怎样思想。

试举曹雪芹的年代一个问题作个实例。民国十年（1921），我收得了一些证据，得着这些结论：

我们可以断定曹雪芹死于乾隆三十年左右（约西历1765年）……我们可以猜想雪芹大约生于康熙末叶（约1715—1720年），当他死时，约五十岁。

民国十一年五月（1922年10月），我得着了《四松堂集》的原本，见敦诚挽曹雪芹的诗题下注"甲申"二字，又诗中有"四十年华"的话，故修正我的结论如下：

曹雪芹死在乾隆二十九年甲申（1764）……他死时只有"四十年华"，我们可以断定他的年纪不能在四十五岁以上。假定他死时年四十五岁，他的生时当康熙五十八年（1719）。

但到了民国十六年（1927），我又得了脂砚斋评本《石头记》，其中有"壬午除夕，书未成，芹为泪尽而逝"的话。壬午为乾隆二十七年，除夕当西历1763年2月12日，和我七年前的断定（"乾隆三十年左右[约西历1765年]"）只差一年多。又假定他活了四十五岁，他的生年大概在康熙五十六年（1717），这也和我七年前的猜测正相符合。

考证两个年代，经过七年的时间，方才得着证实。证实是思想方法的最后又最重要的一步。不曾证实的理论，只可算是假设；证实之后，才是定论，才是真理。我在别处（《文存三集》）说过：

我为什么要考证《红楼梦》？
在消极方面，我要教人怀疑王梦阮、徐柳泉一班人的谬说。
在积极方面，我要教人一个思想学问的方法。我要教人疑而后信，考而后信，有充分证据而后信。

我为什么要替《水浒传》作五万字的考证？我为什么要替庐山一个塔作四千字的考证？
我要教人知道学问是平等的，思想是一贯的。肯疑问"佛陀耶舍究竟到过庐山没有"的人，方才肯疑问"夏禹是神是人"。有了不肯放过一个塔的真伪的思想习惯，方才敢疑上帝的有无。

少年的朋友们，莫把这些小说考证看作我教你们读小说的文字。这些都只是思想学问的方法的一些例子。在这些文字里，我要读者学得一点科学精神，一点科学态度，一点科学方法。科学精神在于寻求事实，寻求真理。科学态度在于撇开成见，搁起感情,只认得事实,只跟着证据走。科学方法只是"大胆的假设,小心的求证"十个字。没有证据,只可悬而不断;证据不够,只可假设,不可武断;必须等到证实之后,方才奉为定论。

少年的朋友们,用这个方法来做学问,可以无大差失;用这种态度来做人处事,可以不至于被人蒙着眼睛牵着鼻子走。

从前禅宗和尚曾说:"菩提达摩东来,只要寻一个不受人惑的人。"我这里千言万语,也只是要教人一个不受人惑的方法。被孔丘、朱熹牵着鼻子走,固然不算高明;被马克思、列宁、斯大林牵着鼻子走,也算不得好汉。我自己绝不想牵着谁的鼻子走。我只希望尽我的微薄的能力,教我的少年朋友们学一点防身的本领,努力做一个不受人惑的人。

抱着无限的爱和无限的希望,我很诚挚地把这一本小书贡献给全国的少年朋友!

(1930年11月27日)

读书

"读书"这个题,似乎很平常,也很容易,然而我却觉得这个题目很不好讲。据我所知,"读书"可以有三种说法:

一、要读何书?关于这个问题,《京报副刊》上已经登了许多时候的"青年必读书";但是这个问题,殊不易解决,因为个人的见解不同,个性不同。各人所选只能代表各人的嗜好,没有多大的标准作用,所以我不讲这一类的问题。

二、读书的功用。从前有人做"读书乐",说什么"书中自有千钟粟。书中自有黄金屋,书中自有颜如玉",现在我们不说这些话了,要说,读书是求知识,知识就是权力。这些话都是大家会说的,所以我也不必讲。

三、读书的方法。我今天是想根据个人所经验,同诸位谈谈读书的方法。我的第一句话是很平常的,就是说,读书有两个要素:第一要精,第二要博。

现在先说什么叫"精"。

我们小的时候读书,差不多每个小孩都有一条书签,上面写十个字。这十个字最普遍的就是"读书三到:眼到,口到,心到"。现在这种书签虽不用,"三到"的读书法却依然存在。不过我以为读书"三到"是不够的,须有"四到",是"眼到,口到,心到,手到"。我就拿它来说一说。

眼到是要个个字认得,不可随便放过。这句话起初看去似乎很容易,其实很不容易。读中国书时,每个字的一笔一画都不放过。近人费许多功夫在校勘学上,都因古人忽略一笔一画而已。读外国书要把 A、B、C、D 等字母弄得清清楚楚。所以说这是很难的。如有人翻译英文,把 port 看作 pork,把 oats 看作 oaks,于是葡萄酒①一变而为猪肉,小草变成了大树。说起来这种例子很多,这都是眼睛不精细的结果。书是文字做成的,不肯仔细认字,就不必读书。眼到对于读书的关系很大,一时眼不到,贻害很大,并且眼到能养成好习惯,养成不苟且的人格。

口到是一句一句要念出来。前人说口到是要念到烂熟、背得出来。我们现在虽不提倡背书,但有几类的书,仍旧有熟读的必要,如心爱的诗歌,如精彩的文章,熟读多些,于自己的作品上也有良好的影响。读此外的书,虽不须念熟,也要一句一句念出来,中国书如此,外国书更要如此。念书的功用能使我们格外明了每一句的构造,句中各部分的关系。往往一遍念不通,要念两遍以上,方才能明白的。读好的小说尚且要如此,何况读关于思想学问的书呢?

心到是每章、每句、每字意义如何?何以如是?这样用心考究,但是用心不是叫人枯坐冥想,是要靠外面的设备及思想的方法的帮助。要做到这一点,须要有几个条件:

---

① 指波尔图葡萄酒。

（一）字典、辞典、参考书等等工具要完备。这几样工具虽不能办到，也当到图书馆去看。我个人的意见是奉劝大家，当衣服，卖田地，至少要置备一点好的工具。比如买一本《韦氏大字典》，胜于请几个先生。这种先生终身跟着你，终身享受不尽。

（二）要做文法上的分析。用文法的知识，做文法上的分析，要懂得文法构造，方才懂得它的意义。

（三）有时要比较参考，有时要融会贯通，方能了解。不可但看字面。一个字往往有许多意义，读者容易上当。例如 turn 这字：作外动字①解有十五解，作内动字②解有十三解，作名词解有二十六解，共五十四解，而成语不算。又如 Strike：作外动字解有三十一解，作内动字解有十六解，作名词解有十八解，共六十五解。又如 go 字最容易了，然而这个字：作内动字解有二十二解，作外动字解有三解，作名词解有九解，共三十四解。

以上是英文字须要加以考究的例。英文字典是完备的，但是某一字在某一句究竟用第几个意义呢？这就非比较上下文，或贯穿全篇，不能懂了。

中文较英文更难，现在举几个例：祭文中第一句"维某年月日"之"维"字，究作何解？字典上说它是虚字。《诗经》里"维"字有二百多，必须细细比较研究，然后知道这个字有种种意义。又《诗经》之"于"字，"之子于归""凤凰于飞"等句，"于"字究作何解？非仔细考究是不懂的。又"言"字，人人知道，但在《诗经》中就发生问题，必须比较，然后知"言"字为

---

① 指及物动词。
② 指不及物动词。

连接字。诸如此例甚多。中国古书很难读，古字典又不适用，非是用比较归纳的研究方法，我们如何懂得呢？

总之，读书要会疑，忽略过去，不会有问题，便没有进益。

宋儒张载说："读书先要会疑。于不疑处有疑，方是进矣"。他又说："在可疑而不疑者，不曾学。学则须疑。"又说："学贵心悟，守旧无功。"

宋儒程颐说："学原于思。"

这样看起来，读书要求心到。不要怕疑难，只怕没有疑难。工具要完备，思想要精密，就不怕疑难了。

现在要说手到。手到就是要劳动劳动你的贵手。读书单靠眼到，口到，心到，还不够的，必须还得自己动动手，才有所得。例如：

1.标点分段，是要动手的；

2.翻查字典及参考书，是要动手的；

3.做读书札记，是要动手的。

札记又可分四类：

（1）抄录备忘；

（2）做提要，节要；

（3）自己记录心得，张载说："心中苟有所开，即便札记。不则还塞之矣。"；

（4）参考诸书，融会贯通，作有系统的著作。

手到的功用。我常说：发表是吸收知识和思想的绝妙方法。吸收进来的知识思想，无论是看书来的，或是听讲来的，都只是模糊零碎，都算不得我们自己的东西。自己必须做一番手脚，或做提要，或做说明，或做讨论，自己重新组织过、申叙过，用自己的语言记述过——那种知识思想方才可算是你自己的了。

我可以举一个例。你也会说"进化",他也会谈"进化",但你对于"进化"这个观念的见解未必是很正确的,未必是很清楚的;也许只是一种"道听途说",也许只是一种时髦的口号。这种知识算不得知识,更算不得是"你的"知识。假使你听了我句话,不服气,今晚回去就去遍翻各种书籍,仔细研究进化论的科学上的根据。假使你翻了几天书之后,发愤动手,把你研究所得写成一篇读书札记。假使你真动手写了这么一篇《我为什么相信进化论》的札记,列举了:

(一)生物学上的证据;

(二)比较解剖学上的证据;

(三)比较胚胎学上的证据;

(四)地质学和古生物学上的证据;

(五)考古学上的证据;

(六)社会学和人类学上的证据。

到这个时候,你所有关于"进化论"的知识,经过了一番组织安排,经过了自己的去取叙述,这时候这些知识方才可算是你自己的了。所以我说,发表是吸收的利器;又可以说,手到是心到的法门。

至于动手标点,动手翻字典,动手查书,都是极要紧的读书秘诀,诸位千万不要轻轻放过。内中自己动手翻书一项尤为要紧。我记得前几年我曾劝顾颉刚先生标点姚际恒的《古今伪书考》。当初我知道他的生活困难,希望他标点一部书付印,卖几个钱。那部书是很薄的一本,我以为他一两个星期就可以标点完了。哪知顾先生一去半年,还不曾交卷。原来他于每条引的书,都去翻查原书,仔细校对,注明出处,注明原书卷第,注明删节之处。他动手半年之后,来对我说,《古今伪书考》不必付印了,他现在要编辑一部疑古的丛书,叫做"辨伪丛刊"。我很赞成他这个计划,让他去动手。他动手了一两年之后,更进步了,又超过那"辨伪丛刊"的计划了,他要自己创作了。他前年以来,对于中国古史,做了许多辨伪的文字。他眼前的成绩早已超过崔述了,更不要说姚际恒了。顾先生将来在中国史学界的贡献一定不可限量,但我们要知道他成功的最大原因是他的手到的功夫勤而且精。我们可以说,没有动手不勤快而能读书的,没有手不到而能成学者的。

第二要讲什么叫"博"。

什么书都要读,就是博。古人说:"开卷有益。"我也主张这个意思,所以说读书第一要精,第二要博。我们主张"博"有两个意思。

第一,为预备参考资料计,不可不博。第二,为做一个有用的人计,不可不博。

(一)为预备参考资料计。

在座的人,大多数是戴眼镜的。诸位为什么要戴眼镜?岂不是因为戴了眼镜,从前看不见的,现在看得见了;从前很小的,现在看得很大了;从前看不分明的,现在看得清楚分明了?王荆公说得最好:

> 世之不见全经久矣。读经而已,则不足以知经。故某自百家诸子之书,至于《难经》《素问》《本草》诸小说,无所不读;农夫女工,无所不问;然后于经为能知其大体而无疑。盖后世学者与先王之时异矣;不如是,不足以尽圣人故也……彼致其知而后

读,以有所去取,故异学不能乱也。惟其不能乱,故能有所去取者,所以明吾道而已。(《答曾子固》)

他说:"致其知而后读。"又说:"读经而已,则不足以知经。"即如《墨子》一书在一百年前,清朝的学者懂得此书还不多。到了近来,有人知道光学、几何学、力学、工程学等等,一看《墨子》,才知道其中有许多部分是必须用这些科学的知识方才能懂的。后来有人知道了伦理学、心理学等,懂得《墨子》更多了。读别种书愈多,《墨子》愈懂得多。

所以我们也说,读一书而已则不足以知一书。多读书,然后可以专读一书。譬如读《诗经》,你若先读了北大出版的《歌谣周刊》,便觉得《诗经》好懂得多了;你若先读过社会学、人类学,你懂得更多了;你若先读过文字学、古音韵学,你懂得更多了;你若读过考古学、比较宗教学等,你懂得更多了。

你想读佛家唯识宗的书吗?最好多读点伦理学、心理学、比较宗教学、变态心理学。无论读什么书总要多配几副好眼镜。

你们记得达尔文研究生物进化的故事吗?达尔文研究生物演变的现状,前后凡三十多年,积了无数材料,想不出一个单简贯串的说明。有一天他无意中读马尔图斯的《人口论》,忽然大悟生存竞争的原则,于是得着物竞天择的道理,遂成一部破天荒的名著,给后世思想界打开一个新纪元。

所以要博学者,只是要加添参考的材料,要使我们读书时容易得"暗示"。遇着疑难时,东一个暗示,西一个暗示,就不至于呆读死书了。这叫做"致其知而后读"。

(二)为做人计。

专工一技一艺的人,只知一样,除此之外,一无所知。这一类的人，影响于社会很少。好有一比，比一根旗竿，只是一根孤拐，孤单可怜。又有些人广泛博览，而一无所专长，虽可以到处受一班贱人的欢迎，其实也是一种废物。这一类人，也好有一比，比一张很大的薄纸，禁不起风吹雨打。在社会上，这两种人都没有什么大影响，为个人计，也很少乐趣。

理想中的学者，既能博大，又能精深。精深的方面，是他的专门学问。博大的方面，是他的旁搜博览。博大要几乎无所不知，精深要几乎唯他独尊，无人能及。他用他的专门学问做中心，次及于直接相关的各种学问，次及于间接相关的各种学问，次及于不很相关的各种学问，以次及毫不相关的各种泛览。这样的学者，也有一比，比埃及的金字三角塔。那金字塔高四百八十英尺，底边各边长七百六十四英尺。塔的最高度代表最精深的专门学问，从此点以次递减，代表那旁收博览的各种相关或不相关的学问。塔底的面积代表博大的范围，精深的造诣、博大的同情心。这样的人，对社会是极有用的人才，自己也能充分享受人生的趣味。宋儒程颢说得好：

须是大其心使开阔：譬如为九层之台，须大做脚始得。

博学正所以"大其心使开阔"。我曾把这番意思编成两句粗浅的口号，现在拿出来贡献给诸位朋友，作为读书的目标：

为学要如金字塔，要能广大要能高。

（原载1925年4月28日《京报副刊》）

谈谈《诗经》

这是民国十四年（1926）九月在武昌大学讲演的大意，曾经刘大杰君笔记，登在《艺林旬刊》（《晨报副刊》之一）第二十期发表，又收在艺林社《文学论集》。笔记颇有许多大错误。现在我修改了一遍，送给顾颉刚先生发表在《古史辨》里。

1931年9月11日，胡适记

《诗经》在中国文学上的位置，谁也知道，它是世界最古的有价值的文学的一部，这是全世界公认的。

《诗经》有十三国的国风，只没有"楚风"。在表面上看来，湖北这个地方，在《诗经》里，似乎不能占一个位置。但近来一般学者的主张，《诗经》里面是有"楚风"的，不过没有把它叫作"楚风"，叫它作"周南""召南"罢了。所以我们可以说：《周南》《召南》就是《诗经》里面的《楚风》。

我们说《周南》《召南》就是《楚风》，这有什么证据呢？这是有证据的。我们试看看《周南》《召南》，就可以找着许多提及江水、汉水、汝水的地方。像"汉之广矣""江之永矣""遵彼汝坟"这类的句子，想大家都是记得的。汉水、江水、汝水流域不是后来所谓"楚"的疆域吗？所以我们可以说《周南》《召南》大半是《诗经》里面的《楚风》了。

《诗经》既有《楚风》，我们在这里谈《诗经》，也就是欣赏"本地风光"。

我觉得用新的科学方法来研究古代的东西，确能得着很有趣味的效果。一字的古音，一字的古义，都应该拿正当的方法去研究的。在今日研究古书，方法最要紧。同样的方法可以收同样的效果。我今天讲《诗经》，也是贡献一点我个人研究古书的方法。在我未讲研究《诗经》的方法以前，先讲讲有关《诗经》的几个基本的概念。

一、《诗经》不是一部经典。从前的人把这部《诗经》看得非常神圣，说它是一部经典，我们现在要打破这个观念。假如这个观念不能打破，《诗经》简直可以不研究了。因为《诗经》并不是一部圣经，确实是一部古代歌谣的总集，可以做社会史的材料，可以做政治史的材料，可以做文化史的材料。万不可说它是一部神圣经典。

二、孔子并没有删《诗》，"诗三百篇"本是一个成语。从前的人都说孔子删《诗》《书》，说孔子把《诗经》删去十分之九，只留下十分之一。照这样看起来，原有的诗应该是三千首。这个话是不对的，唐朝的孔颖达也说孔子的删《诗》是一件不可靠的事体。假如原有三千首诗，真的删去了二千七百首，那在《左传》及其他的古书里面所引的诗应该有许多是三百篇以外的，但是古书里面所引的诗不是三百篇以内的虽说有几首，却少得非常。大概前人说孔子删《诗》的话是不可相信的了。

三、《诗经》不是一个时代辑成的。《诗经》里面的诗是慢慢地收集起来，成现在这么样的一本集子。最古的是《周颂》，次古的是《大雅》，再迟一点的是《小雅》，最迟的就是《商颂》《鲁颂》《国风》了。《大雅》《小雅》里有一部分是当时的卿大夫作的，有几首并有作者的主名。《大雅》收集在前，《小雅》收集在后。《国风》是各地散传的歌谣，由古人收集起来的。这些歌谣产生的时候大概很古，收集的时候却很晚了。我们研究《诗经》里面的文法和内容，可以说《诗经》里面包含的时期约在六七百年。所以我们应该知道，《诗经》不是哪一个人辑的，也不是哪一个人作的。

四、《诗经》的解释。《诗经》到了汉朝，真变成了一部经典。《诗经》里面描写的那些男女恋爱的事体，在那班道学先生看起来，似乎不大雅观，于是对于这些自然的、有生命的文学不得不另加种种附会的解释。所以汉朝的齐、鲁、韩三家对于《诗经》都加上许多的附会，讲得非常的神秘。明是一首男女的恋歌，他们故意说是歌颂谁，讽刺谁的。《诗经》到了这个时代，简直变成了一部神圣的经典了。这种事情，中外大概都是相同的，像那本《旧约全书》的里面，也含有许多的诗歌和男女恋爱的故事，但在欧洲中古时代也曾被教会的学者加上许多迂腐穿凿的解说，使它们不违背中古神学。后起的《毛诗》[①]对于《诗经》的解释又把从前的都推翻了，另找了一些历史上的——《左传》里面的事情——证据，来做一种新的解释。《毛诗》研究

---

① 汉代毛亨、毛苌为《诗经》所作的注解名为《毛诗故训传》，简称"毛诗"，"传"意为阐明经义。

《诗经》的见解比齐、鲁、韩三家确实是要高明一点,所以《毛诗》渐渐打倒了三家诗,成为独霸的权威。我们现在读的还是《毛诗》。到了东汉,郑康成读《诗经》的见解比毛公又要高明。所以到了唐朝,大凡研究《诗经》的人都是拿《毛传》《郑笺》①做底子。到了宋朝,出了郑樵和朱子,他们研究《诗经》,又打破毛公的附会,由他们自己做解释。他们这种态度,比唐朝又不同一点,另外成了一种宋代说《诗经》的风气。清朝讲学的人都是崇拜汉学,反对宋学的,他们对于考据训诂是有特别的研究,但是没有什么特殊的见解。他们以为宋学是不及汉学的,因为汉在一千七八百年以前,宋只在七八百年以前。殊不知汉人的思想比宋人的确要迂腐得多呢!但在那个时候研究《诗经》的人,确实出了几个比汉、宋都要高明的,如著《诗经通论》的姚际恒,著《读风偶识》的崔述,著《诗经原始》的方玉润,他们都大胆地推翻汉、宋的腐旧的见解,研究《诗经》里面的字句和内容。照这样看起来,两千年来《诗经》的研究实是一代比一代进步的了。

　　《诗经》的研究,虽说是进步的,但是都不彻底,大半是推翻这部,附会那部;推翻那部,附会这部。我看对于《诗经》的研究想要彻底地改革,恐怕还在我们呢!我们应该拿起我们的新的眼光,好的方法,多的材料,去大胆地、细心地研究。我相信我们研究的效果比前人又可圆满一点了。这是我们应取的态度,也是我们应尽的责任。

---

① 东汉郑玄又为"毛诗"作笺注,名为《毛诗传笺》,简称"郑笺","笺"意为补充与修订。

上面把我对于《诗经》的概念说了一个大概，现在要谈到《诗经》具体的研究了。研究《诗经》大约不外下面这两条路：

第一，训诂。用小心的、精密的、科学的方法，来做一种新的训诂工夫，对于《诗经》的文字和文法上都重新下注解。

第二，解题。大胆地推翻两千年来积下来的附会的见解，完全用社会学的、历史的、文学的眼光重新给每一首诗下个解释。

所以我们研究《诗经》，关于一句一字，都要用小心的、科学的方法去研究；关于一首诗的用意，要大胆地推翻前人的附会，自己有一种新的见解。

现在让我先讲了方法，再来讲到训诂罢。

清朝的学者最注意训诂，如戴震、胡承珙、陈奂、马瑞辰等等，凡他们关于《诗经》的训诂著作，我们都应该看的。戴震有两个高足弟子，一是金坛段玉裁，一是高邮于念孙及其子引之，都有很重要的著作，可为我们参考的。如段注《说文解字》，念孙所作《读书杂志》《广雅疏证》等，尤其是引之所作的《经义述闻》《经传释词》，对于《诗经》更有很深的见解，方法亦周密得多。

前人研究《诗经》都不讲文法，说来说去，终得不着一个切实而明了的解释，并且越讲越把本义搅昏昧了。清代的学者，对于文法就晓得用比较归纳的方法来研究。

如"终风且暴"，前人注——终风，终日风也。但清代王念孙父子把"终风且暴"来比较"终温且惠""终窭且贫"，就可知"终"字应当作"既"字解。有了这一个方法，自然我们无论碰到何种困难地方，只要把它归纳比较起来，就一目了然了。

《诗经》中常用的"言"字是很难解的。汉人解作"我"字，自是不通的。王念孙父子知道"言"字是语词，却也说不出它的文法作用来。我也曾应用这个比较归纳的方法，把《诗经》中含有"言"字的句子抄集起来，便知"言"字究竟是如何的用法了。

我们试看：

彤弓弨兮，受言藏之。
驾言出游。
陟彼南山，言采其蕨。

这些例里，"言"字皆用在两个动词之间。"受而藏之""驾而出游"……岂不很明白清楚？（看我的《诗三百篇言字解》，十三版《胡适文存》页335—340）

苏东坡有一首《日日出东门》诗，上文说"步寻东城游"，下文又说"驾言写我忧"。他错看了《诗经》"驾言出游，以写我忧"的"驾言"二字，以为"驾言"只是一种语助词。所以章子厚笑他说："前步而后驾，何其上下纷纷也！"上面是把虚字当作代名词的。

再有把地名当作动词的，如"胥"本来是一个地名。古人解为"胥，相也"，这也是错了。我且举几个例来证明。《大雅·公刘》一篇有"于胥斯原"一句，《毛传》说："胥，相也。"《郑笺》说："相此原地以居民。"但我们细看此诗共分三大段，写公刘经营的三个地方，三个地方的写法是一致的。

1. 于胥斯原。
2. 于京斯依。

3. 于豳斯馆。

我们比较这三句的文法，就可以明白，"胥"是一个地方的名称，假使有今日的标点符号，只要打一个"——"就明白了。《绵》篇中说太王"爰及姜女，聿来胥宇"，也是这个地方。

还有那个"于"字在《诗经》里面，更是一个很有问题的东西。汉人也把它解错了，他们解为"于，往也。"例如《周南·桃夭》的"之子于归"，他们误解为"之子往归"。这样一解，已经太牵强了，但还勉强解得过去。若把它和别的句子比较起来解释，如《周南·葛覃》的"黄鸟于飞"解为"黄鸟往飞"，《大雅·卷阿》的"凤凰于飞"解为"凤凰往飞"，《邶风·燕燕》的"燕燕于飞"解为"燕燕往飞"，这不是不通吗？那末，究竟要怎样解释才对呢？我可以说，"于"字等于"焉"字，作"于是"解。"焉"字用在内动词的后面，作"于是"解，这是人人可懂的。但在上古文法里，这种文法是倒装的。"归焉"成了"于归"；"飞焉"成了"于飞"。"黄鸟于飞"解为"黄鸟在那儿飞"，"凤凰于飞"解为"凤凰在那儿飞"，"燕燕于飞"解为"燕燕在那儿飞"，这样一解就可通了。

我们谁都认得"以"字，但这"以"字也有问题。如《召南·采蘩》说：

于以采蘩？于沼于沚。于以用之？公侯之事。
于以采蘩？于涧之中。于以用之？公侯之宫。

这些句法明明是上一句问，下一句答。"于以"即"在哪儿？""以"字等于"何"字。（这个"以"字解为"哪儿"，我的朋友杨遇夫先生有详说。)

在哪儿采蘩呢？在沼在沚。又在哪儿用呢？用在公侯之事。
在哪儿采蘩呢？在涧之中。又在哪儿用呢？用在公侯之宫。

像这样解释的时候，谁也说是通顺的了。又如《邶风·击鼓》："于以求之？于林之下"，解为"在哪儿去求呢？在林之下"。所以"于以求之"的下面，只要标一个问号，就一目了然了。

《诗经》中的"维"字，也很费解。这个"维"字，在《诗经》里面有二百多个。从前的人都把它解错了。我觉得这个"维"字有好几种用法。最普通的一种是应作"呵，呀"的感叹词解。老子《道德经》也说"唯之与阿，相去几何？"可见"唯""维"本来与"阿"相近。如《召南·鹊巢》的：

维鹊有巢，维鸠居之。维鹊有巢，维鸠方之。

若拿"呵"字来解释这一个"维"字，那就是"呵，鹊有巢！呵，鸠去住了！"此外的例，如"维此文王"即"呵，这文王！""维此王季"即"呵，这王季！"你们记得人家读祭文，开首总是"维，中华民国十有四年"。"维"字应顿一顿，解作"呵"字。

我希望大家对于《诗经》的文法细心地做一番精密的研究，要一字一句地把它归纳和比较起来，才能领略《诗经》里面真正的意义。清朝的学者费了不少的时间，终究得不着圆满的结果，也就是因为他们缺少文法上的知识和虚字的研究。

上面已把研究《诗经》训诂的方法约略谈过，现在要谈到《诗经》每首诗的用意如何，应怎样解释才对，便到第二条路所谓解题了。

这一部《诗经》已经被前人闹得乌烟瘴气，莫名其妙了。诗是人的性情的自然表现，心有所感，要怎样写就怎样写，所谓"诗言志"是。《诗经·国风》多是男女感情的描写，一般经学家多把这种普遍真挚的作品勉强拿来安到什么文王、武王的历史上去。一部活泼泼的文学因为他们这种牵强的解释，便把它的真意完全失掉，这是很可痛惜的！譬如《郑风》二十一篇，有四分之三是爱情诗，《毛诗》却认《郑风》与男女问题有关的诗只有五六篇，如《鸡鸣》《野有蔓草》等。说来倒是我的同乡朱子高明多了，他已认《郑风》多是男女相悦淫奔的诗，但他亦多荒谬。《关雎》明明是男性思恋女性不得的诗，他却在《诗集传》里说什么"文王生有圣德，又得圣女姒氏以为之配"，把这首情感真挚的诗解得僵直不成样了。

好多人说《关雎》是新婚诗，亦不对。《关雎》完全是一首求爱诗，他求之不得，便寤寐思服，辗转反侧，这是描写他的相思苦情；他用了种种勾引女子的手段，友以琴瑟，乐以钟鼓，这完全是初民时代的社会风俗，并没有什么稀奇。意大利、西班牙有几个地方，至今男子在女子的窗下弹琴唱歌，取欢于女子。至今中国的苗民还保存这种风俗。

《野有死麕》的诗，也同样是男子勾引女子的诗。初民社会的女子多欢喜男子有力能打野兽，故第一章："野有死麕，白茅包之。"写出男子打死野麕，包以献女子的情形。"有女怀春，吉士诱之。"便写出他的用意了。此种求婚献野兽的风俗,至今有许多地方的蛮族还保存着。

《嘒彼小星》一诗,好像是写妓女生活的最古记载。我们试看《老残游记》,可见黄河流域的妓女送铺盖上店陪客人的情形。再看原文:

嘒彼小星,三五在东。肃肃宵征,夙夜在公。实命不同。
嘒彼小星,维参与昴。肃肃宵征,抱衾与裯。实命不犹。

我们看她抱衾裯以宵征,就可知道她的职业生活了。

《芣苢》诗没有多深的意思,是一首民歌,我们读了可以想见一群女子,当着光天丽日之下,在旷野中采芣苢,一边采,一边歌。看原文:

采采芣苢,薄言采之。采采芣苢,薄言有之。
采采芣苢,薄言掇之。采采芣苢,薄言捋之。
采采芣苢,薄言袺之。采采芣苢,薄言襭之。

《著》诗,是一个新婚女子出来的时候叫男子暂候,看看她自己装饰好了没有,显出了一种很艳丽细腻的情景。原文:

俟我于著乎而?充耳以素乎而?尚之以琼华乎而?
俟我于堂乎而?充耳以黄乎而?尚之以琼莹乎而?

我们试曼声读这些诗,是何等情景?唐代朱庆馀有一首诗

《上张水部》，妙有这种情致。诗云：

> 洞房昨夜停红烛，待晓堂前拜舅姑。
> 妆罢低声问夫婿，画眉深浅入时无？

你们想想，这两篇诗的情景是不是很相像。

总而言之，你要懂得《诗经》的文字和文法，必须要用归纳比较的方法。你要懂得三百篇中每一首的题旨，必须撇开一切《毛传》《郑笺》《朱注》等等，自己去细细涵咏原文。但你必须多备一些参考比较的材料：你必须多研究民俗学、社会学、文学、史学。你的比较材料越多，你就会觉得《诗经》越有趣味了。

（选自顾颉刚编著《古史辨》第三册，上海书店1931年11月初版）

《西游记》的第八十一难

十年前我曾对鲁迅先生说起《西游记》的第八十一难（九十九回）未免太寒伧了，应该大大地改作，才衬得住一部大书。我虽有此心，终无此闲暇，所以十年过去了，这件改作《西游记》的事终未实现。前几天，偶然高兴，写了这一篇，把《西游记》的第八十一难，完全改作过了。自第九十九回"菩萨将难簿目过了一遍"起，到第一百回"却说八大金刚使第二阵香风，把他四众，不一日送回东土"为止，中间足足改换了六千多字。因为《学文月刊》的朋友们要稿子，就请他们把这篇"伪书"发表了。现在收在这里，请爱读《西游记》的人批评指教。

1934年7月1日，胡适记

《西游记》第九十九回：
观音点簿添一难，唐僧割肉度群魔

话说观音菩萨把唐僧一路上经历的灾难簿子从头看了一遍，忽发言道："佛门中九九归真。圣僧受过八十难，还少一难。"菩萨当时即命五方揭谛道:"速速赶上金刚,还生一难者!"

揭谛得令,驾云向东赶去,不多时赶上了金刚,附耳低言,说明菩萨法旨。金刚奉令,刷地把风按下,将唐僧四众连马与经,降落在地。噫!正是:

九九归真道行难,一篑功亏不结丹。
腾云指日回唐土,何图蓦地下云端!

三藏脚踏了凡地,自觉心惊。八戒呵呵大笑道:"好,好,好!这正是走得快,跌得高!"沙僧也道:"想是护送的金刚半路上看个亲眷去了,叫我们下来歇歇哩。"孙行者火眼金睛,早已看见五方揭谛赶上金刚,交头接耳,必有用意,他且不说破,只对唐僧说道:"师父,金刚抛下我们,自回去了。我们且打听明白这是什么地方,在何国土。"唐僧道:"悟空说得是。我听得远远的有水响,不知是不是我们走过的河水。"

行者纵身跳在空中,用手搭凉篷,仔细看了,下来道:"师父,那一带树林过去,果然是一条大河,河身像是很宽,很长;水势却不汹涌,不像是流沙河,也不像是通天河,也许是一条我们不曾走过的大河。"

唐僧问道:"徒弟啊,那边可望得见人烟么?"行者答道:"河的对岸好像有一个城镇。有船只载着人往这边来。河这边有一座高塔。船上的人好像是朝着这塔来的,也许是来塔上烧香祭赛的。"

八戒喊道:"只要有人烟,我们都去!"八戒、沙僧把经卷驮在马上,四众步行,穿过大树林,果然望见一座高高的宝塔。师徒们朝着宝塔走去，堪堪太阳将落时，他们到了宝塔面前。只见二三十个人，全是天竺国服装，老老少少，男男女女，从塔下走出来，朝着河边回去。那些人见了唐僧四众，都很惊异，渐渐围拢来。妇人孩子见了八戒三人的怪模样，都很害怕，躲在老年人的背后，窃窃私语。内中一位老者，认得唐僧的状貌衣装是大唐人物，走过来问讯。唐僧叫三个徒弟站开，他自己上前施礼问讯。唐僧道："贫僧是大唐人氏，这三人是小徒，往西天取经回来，流落在此，不知路途方向。请问老丈这里是何国土，这宝塔供养何种尊神，此去大唐国土应走何方向。"

那老者答礼道："不知法师是大唐上国求法高僧，失敬之至。此处是婆罗涅斯国，前面的大河是殑伽河。顺河流东行，约三百余里，便是战士国境。法师若要东行，可用船顺流下去。这里的宝塔是敝国最著名的古迹，叫做'三兽窣堵波'，是如来在过去劫初修菩萨行时烧身供养天帝释之处。每年八月月圆时，是月光王菩萨的节日，敝处的人来此扫塔祭赛。今天正是月光节，我们来此祭扫，不想得遇上国高僧。可否请到对河村子里供养一宿，明天准备船只相送东行？"

唐僧听说"三兽窣堵波"之名，心里大欢喜，忙整衣帽，朝塔礼拜，并叫行者三人同来礼拜。礼拜毕，唐僧又谢那老者指引的好意，说道："贫僧久闻'三兽窣堵波'之名，但恨无缘拜扫瞻仰。天幸今日无意中亲到塔下，岂可错过机缘？贫僧师弟都是修行之人，今夜决计在塔下打坐一宵，以表礼拜的诚心。多蒙老丈厚意款待，明早一定渡河到贵村来拜谢。"

那老丈听说，知道唐僧决心扫塔，又有点害怕那三个怪模样的徒弟，也便不坚留，便留下姓名，率领众男女回河边上船去了。

话说唐僧别了众人，回过头来，欢天喜地地对三个徒弟说道："徒弟啊，谁料我们从云里掉下来，却遇着这意外的奇缘！"八戒笑道："师父，想必是打听得你的祖宗的骨塔了？"沙僧和行者齐声问道："师父，这个古塔有何因缘，叫你老人家这样高兴！"

三藏回头用手指道："你们不见这里是三座塔么？"行者们看时，果然中间一座高塔，左右两旁各有一座小塔。在远处望见的只是中间的高塔。唐僧说："这就是西域地志上有名的三兽塔，又叫做'月中玉兔塔'。三兽是一只兔子、一只狐狸、一只猿猴。中间是兔塔，两边是狐塔、猴塔。"八戒呵呵大笑道："怪道老师父欢天喜地，原来他替弼马温大师兄寻得了祖坟也！"

唐僧喝住八戒，说道："劫初之时，我佛如来投生为一只白兔，他本性不昧，在树林中修菩萨行。他有两个同伴，一狐一猿，受了他的感化，也同在树林中修行。一日，天帝释要试验他们的修行工夫，下凡变化作一个老人，到树林中来。三兽见那老人形容憔悴，行步艰难，都来问他有何病痛。老人说：'我要饿死了，来问你们求一点东西吃。'三兽请他坐在树下，他们都出去寻食物款客。狐狸先回来，嘴衔着一条鲜鲤鱼。猿猴也回来了，摘得一堆鲜果。只有白兔空手回来，心怀惭愧。老人说：'狐哥、猴哥都寻了东西回来，难道兔哥不肯布施一点么？'白兔闻言，对同伴道：'敢烦两位师兄替我采点干柴，生起火来，我自有佳肴供客。'狐猿出去，寻了一些枯枝干叶，生起火来。白兔见火焰正旺，就对老人道：'丈人，我自愧有心无力，不能救丈人的饥饿。敬献区区身体，供丈人一餐。'说完，就跳入烈焰

083

之中。尔时老人复现天帝释庄严宝相，从火焰中提出兔身，嗟叹不已。天帝释道：'兔子舍生救人，是真菩萨行。吾当令世间人永永敬礼他的形容。'天帝释言讫，一只手攀住须弥山尖，撕下了半个峰头来做他的画笔；一只手捉住月亮，做他的粉本，就在月亮上画下了玉兔的形状。至今月中有玉兔，便是这样起源的。后世天竺国人纪念这个玉兔烧身的故事，在这里建塔纪念，就是这个'三兽窣堵波'。"

唐僧接着又说："我小时念《杂宝藏经》《经律异相》，就知道这白兔舍身的因缘。谁想今日取经回来，还能瞻拜这千年古塔！我如何不欢喜！"①

三藏讲完故事，行者、沙僧俱各欢喜赞叹。只有八戒涎着嘴脸，呵呵大笑道："好个多情的师父！忘不了大天竺国抛绣球招亲的假公主！你瞧那河上起来的团明月，正照着绣球选中的驸马爷的僧帽上。只怕太阴星君管束不严，玉兔知道了我师父今夜扫塔的多情，又要逃出广寒宫，来寻你耍子去也！"

三藏也不管八戒的顽皮，领着三人，到中间塔下，叫八戒把经卷龙马安顿在塔下，叫沙僧摘了一些竹枝，扎了一把笤帚。唐僧拿着笤帚，同他们上塔祭扫。正是：

玉兔高风永不磨，庄严塔影照长河。
殷勤上国求经客，来扫千年窣堵波。

---

① "三兽窣堵波"的故事见于玄奘的《大唐西域记》卷7。白兔舍身因缘又见于《杂宝藏经》卷2、《经律异相》卷47。我在这里又参用了现代印度作家的说法。（作者原注）

话说唐僧四众扫塔，到得最上一层时，明月已近中天。远望殑伽河变成了一道光耀的银河。四野静穆，但见茫茫银雾，涌起一个出尘的世界。唐僧到此不觉一声叫绝。行者、沙僧也都凝望出神，连那八戒也不觉摇头摆耳，舞蹈起来。唐僧本来早已走得疲乏了，就在那塔顶上靠着石栏坐下。坐了一会儿，他舍不得走了，对三个徒弟道："徒弟啊，我当年离了长安，在法云寺里立了宏愿，上西方遇寺拜佛，见塔扫塔。一路上历尽多少艰辛。那回在祭赛国扫塔，被妖魔败兴。还有那回在荆棘岭上，虽然也是一个月白风清的良夜，又被几个松妖杏怪搅缠了一夜。今番取得经典回朝，难得在这千年古塔上清清闲闲地赏玩这无边月色。你们三人可先下去看守经卷，在塔下洞门里歇息。我要在这塔上打一回坐，定一定心。"

行者料无意外危险，便叫八戒、沙僧同去塔下等候。八戒笑着回头道："师父早点下来罢！莫要被月光勾起了凡心，又要累大师兄上毛颖山找寻玉兔儿去！"

他们下塔去讫，唐僧正襟打坐，凝神入定。他在定中，忽然听得空中有人喊道："圣僧随我来，了一件公案去者！"他觉得身体起在空中，跟着那人，在月光里飘到一个平阳大地，落下地来。他定神四看，只看见整千整万的异形怪状的鬼怪，也有像人形的，也有兽身人面的，也有完全兽形的，也有一身九头的，大都是浑身血污，破头折脚，肢体不全。这些鬼怪见唐僧来了，登时起了大扰攘，一霎时鬼哭魔嚎，喊声震天。唐僧只听得四方八面齐声喊着"唐僧还我命来！""唐僧还我命来！"

唐僧虽然身经无数灾难，到此也不免心惊胆战。只听得那个同来的人低声说道："圣僧不必惊慌。小神奉菩萨法旨，引圣僧来此结束一件公案。这些冤魂都是圣僧从东土西来求经一路上所遇见的大小妖魔的鬼魂。他们当时妄想要吃圣僧一块肉，可以延寿一千年，所以在路上兴风作浪，与圣僧为难。幸有齐天大圣、天蓬元帅、卷帘大将，一路保护前来。这些都是金箍棒和钉耙底下的死鬼，因为得罪了圣僧，永永打入恶道，不得超生。现今他们都奉地藏王菩萨法旨，来到这里请圣僧结此公案。"

那人说完，唐僧一时没了主意，扯住那人问道："我的三个徒弟都不在我身边，叫我如何了得这件公案？"那人道："这件公案只有圣僧自了，齐天大圣诸人都助不得力。"

那人说完，拉住唐僧起在半空中，用手指着下面一队队的妖魔鬼魂，一一说与唐僧道："那边是双叉岭的老虎。那是两界山的老虎。那是五行山脚下被行者打死的六贼。那是鹰愁陡涧被龙吞了的马。那是观音禅院撞死的老和尚。那是黑风山的白花蛇与苍狼怪。那是黄风岭的虎先锋领着无数狐兔獐鹿的鬼魂。"

他转过身来，指道："那个女鬼是白虎岭的白骨夫人。那两个小孩子是碗子山波月洞黄袍怪的两个儿子，被八戒、沙僧掼死的。这边是平顶山莲花洞的几百小妖，领头的是压龙洞的九尾狐精和狐阿七大王。那边三个道士是车迟国的虎力大仙、鹿力大仙、羊力大仙。那边那个跬跬拜拜的老怪物乃是通天河里设计捉拿圣僧的老鼋婆，率领着一班打死的水怪鱼精。"

那人又转向右边，指道："那边百十个鬼魂乃是金山独角兕大王手下的小妖。这边二三十个人鬼乃是杨家庄上孙行者打死的贼人。那边是琵琶洞的蝎子精。这边是大闹西天的六耳猕猴。那边一大队是牛魔王的小夫人玉面公主领着摩云洞的小妖。这边一小群是碧波潭的老龙一家，同着他那九个头的驸马。"

说到这里，那人向前面一指，笑道："圣僧想还认得这几位朋友！"唐僧细看时，却是荆棘岭上的十八公、孤直公、凌空子、拂云叟、杏仙一班花妖树怪。

那人又指道："圣僧请看，那边纷纷攘攘的是小雷音黄眉大王的五七百个小妖，和狮驼洞的万数小妖。这边争争吵吵的是盘丝洞的七种蜂妖，黄花观的七个蜘蛛精，竹节山九曲盘桓洞的猱狮、雪狮等等七个狮精。前面那两盏大灯笼是稀柿衕的大蟒怪的一对眼睛。右边那个艾叶花皮豹子乃是隐雾山折岳连环洞的南山大王。左边那一大群牛，乃是金平府玄英洞的辟寒大王、辟暑大王、辟尘大王，领着他们手下的许多山牛精、水牛精、黄牛精。"

那人团团转了一遭，回头对唐僧说道："圣僧，这一案里的人鬼妖魂全在这里了。地藏王菩萨的名籍上记着，这一案共有五万几千零四十九名。这都是当年要谋害圣僧的性命，要吃圣僧的肉想延寿长生的。圣僧如何处分这一案，想必自有权衡。小神交代明白，暂且告退。"说完，那人按落云头，把唐僧送在一座石磴上，竟自扬长腾空去了。

唐僧在半空中看了那几万个哀号的鬼魂，听了那惨惨凄凄的哭声，他的恐惧之心已完全化作慈悲不忍之心。他想到今天说过的白兔舍身的故事，想到佛家"无量慈悲"的教训，想到此身本是四大偶然和合，原无足系念。他主意已定，便自定心神，在石磴上举起双手，要大众鬼魂安静下来。

那时无数鬼魂看见唐僧站在月光中，庄严之中带着慈祥，个个都感觉着一种不可思议的威力。大众见他举起双手来，手心向下，月光正照在手背上，大众都渐渐安静下来。一会儿，真个全肃静了。

唐僧徐徐开言道："列位朋友！贫僧上西天求经，一路上听得纷纷传说：'吃得唐僧一块肉，可以延寿长生。'非是贫僧舍不得这副臭皮囊：一来，贫僧实不敢相信这几根骨头，一包血肉，会真个有延年长命的神效；二来，贫僧奉命求经，经未求得，不敢轻易舍生。如今贫僧已求得大乘经典，有小徒三人可以赍送回大唐流布。今天难得列位朋友全在此地，这一副臭皮囊既承列位见爱，自当布施大众。惟愿各山洞主，各地魔王，各路冤魂，受此微薄布施，均得早早脱离地狱苦厄，超升天界，同登极乐！"

唐僧言讫，那数万鬼魂齐齐举手欢呼，鬼声啾杂，辨不出他们说的什么，只听得一片"聒噪！聒噪！"①"多谢布施！""快吃唐僧肉！"

唐僧又举起两手来，叫他们静听。他又说道："列位朋友！请忍耐片刻。让贫僧留个遗表，给小徒带回大唐。"好个玄奘和尚！他脱下袈裟，反铺在石磴上，他咬破右手中指，写下血书遗表。

沙门玄奘言：

臣奉命西来求法，历时一十七载，艰危万重，而凭恃天威，心愿获从。遂得见不见迹，闻未闻经。所求得大乘真经五千零四十八卷，今命徒弟悟空等赍送回朝，流布东土。惟求法弘愿已了，微躯已无足恋，兹于本日在婆罗涅斯国殑伽河上，舍命布

---

① "聒噪，聒噪"是道谢之词。《西游记》第九十四回大天竺国国王赠送金银时，行者唱喏道："聒噪！聒噪！"我们徽州绩溪土话向人道谢也说："姑噪，姑噪。"大概"聒噪"与"姑噪"同出于一个语源。（作者原注）

施,下以超度途中枉死鬼魂,上以为国家祈天永命。临绝上闻,不尽依依。

他又留下遗嘱给行者三人:

玄奘赖尔等护持,得遂求经宏愿。经典至重,望尔等星夜赍送回朝。玄奘微躯已于今夜布施西天路上尔等所害诸枉死鬼魂,了此十七年公案。此是修菩萨行人本分内事,尔等不必哀伤。经典到达之日,即是玄奘不死之年。此嘱。

唐僧写完,将度牒裹在袈裟里,脱下紧身衣服,抽出十七年不曾用过的戒刀,坐在石磴上,从左腿上割下一块肉来,用刀尖挑了,递与靠近身旁的鬼魂,笑道:"这是唐僧肉,可惜不多,请你们每人吃一口罢。"一个小妖接过去,咬了一口,传递给第二人。这时唐僧又割下第二块肉来了。这些山妖水怪,被唐僧的大慈悲感动了,倒也讲点礼数,每人只咬一小口,不争多论少,也不争肥较瘦;吃了肉的都慢慢散开去,让没吃肉的挤近前来。唐僧一块一块地割去,血流下石磴,石磴面前成了血池。一些鱼精鳖怪,便跟着老鳜婆,在血池里喝血。盘丝洞里干儿子——蜜蜂、蚂蜂、蠦蜂、班毛、牛虻、抹蜡、蜻蜓——也都飞来吸血。

唐僧把身上割得下的肉都割剔下来了,看看只剩得一个头颅,一只右手还不曾开割。说也奇怪,唐僧看见这几万饿鬼吃得起劲,嚼得有味,他心里只觉得快活,毫不觉得痛苦。

这时候,那团的月亮已快要落下地去,在长河那一边,月光平射过来,照着那个孤零零的和尚头,那头的黑影子足足有几里路长,在那几万鬼魂的顶上晃着。这时候,忽听得半空中一声"善哉!是真菩萨行!"唐僧抬起头来,只见世界大放光明,一切鬼魂都不见了。

唐僧如从大梦里醒来,定心一看,兀自坐在那三兽塔最高层上的石栏边,分毫不曾移动。抬头望那月亮已将落下地去,东方满天的红霞,太阳快起来了。他伸手摸腿上身上,全不见割剔的痕迹。他心里惊怪:难道是我在定中做了一场噩梦?正惊疑间,只听得塔的下层有脚步声响,行者与八戒上来,八戒喊道:"师父出定了吗?天快亮了。"唐僧心里觉得快活,也不说破,站起来同他们下塔去。

下得塔来,只见沙僧牵着龙马,旁边立着八大金刚,齐声向唐僧道喜,说道:"恭贺圣僧一夜之中,了得西来公案,圆成九九劫数!一念无量慈悲,三千大千诸佛菩萨同声赞叹。可贺可贺!"

行者三人都不懂得金刚说的话,争问师父夜来在塔上做了什么。唐僧不得已,把夜来的奇境说了一遍。说完,解开袈裟,看那里面隐隐约约的好像还有许多金字,细看时又都不见了。师徒四众都咨嗟称异。

八大金刚催道:"圣僧功行完满,就此回东土去罢!"

有偈为证:

吃得唐僧一块肉,五万九千齐上天。
如梦如电如泡影,一切皆作如是观。

(写于1934年7月,原载《学文月刊》1卷3期)

写在孔子诞辰纪念以后

我们家乡有句俗话说:"做戏无法,出个菩萨。"编戏的人遇到了无法转变的情节,往往请出一个观音菩萨来解围救急。这两年来,中国人受了外患的刺激,颇有点手忙脚乱的情形,也就不免走上了"做戏无法,出个菩萨"的一条路。这本是人之常情。西洋文学批评史也有 deus ex machina 的话,译出来也可说,"解围无计,出个上帝"。本年五月里美国奇旱,报纸上也曾登出旱区妇女、孩子跪着祈祷求雨的照片。这都是穷愁呼天的常情,其可怜可恕,和今年我们国内许多请张天师求雨或请班禅喇嘛消灾的人,是一样的。

这种心理,在一般愚夫愚妇的行为上表现出来,是可怜而可恕的;但在一个现代政府的政令上表现出来,是可怜而不可恕的。现代政府的责任在于充分运用现代科学的正确知识,消极地防患除弊,积极地兴利惠民。① 这都是一点一滴的工作,一尺一步的旅程,这里面绝对没有一条捷径可以偷渡。然而我们观察近

---

① 指在消极的地方防患除弊,在积极的地方兴利惠民。

年我们当政的领袖好像都不免有一种"做戏无法,出个菩萨"的心理,想寻求一条救国的捷径,想用最简易的方法做到一种复兴的灵迹。最近政府忽然手忙脚乱地恢复了纪念孔子诞辰的典礼,很匆遽地颁布了礼节的规定。八月二十七日,全国都奉命举行了这个孔诞纪念的大典。在每年许多个先烈纪念日之中加上一个孔子诞辰的纪念日,本来不值得我们的诧异。然而政府中人说这是"倡导国民培养精神上之人格"的方法;舆论界的一位领袖也说:"有此一举,诚足以奋起国民之精神,恢复民族的自信。"难道世间真有这样简便的捷径吗?

我们当然赞成"培养精神上之人格""奋起国民之精神,恢复民族的自信"。但是古人也曾说过:"礼乐所由起,百年积德而后可兴也。"国民的精神,民族的信心,也是这样的;他的颓废不是一朝一夕之故,他的复兴也不是虚文口号所能做到的。"洙水桥前,大成殿上,多士济济,肃穆趋跄"(用八月二十七日《大公报》社论中语)。四方城市里,政客、军人也都率领着官吏士民,济济跄跄地行礼,堂堂皇皇地演说——礼成祭毕,纷纷而散,假期是添了一日,口号是添了二十句,演讲词是多出了几篇,官吏学生是多跑了一趟,然在精神的人格与民族的自信上,究竟有丝毫的影响吗?

那一天《大公报》的社论曾有这样一段议论:

最近二十年,世变弥烈,人欲横流,功利思想如水趋壑,不特仁义之说为俗诽笑,即人禽之判亦几以不明,民族的自尊心与自信力既已荡然无存,不待外侮之来,国家固早已濒于精神幻灭之域。

如果这种诊断是对的，那么，我们的民族病不过起于"最近二十年"，这样浅的病根，应该是很容易医治的了。可惜我们平日敬重的这位天津同业先生未免错读历史了。《官场现形记》和《二十年目睹之怪现状》描写的社会政治情形，不是中国的实情吗？是不是我们得把病情移前三十年呢？《品花宝鉴》以至《金瓶梅》描写的也不是中国的社会政治吗？这样一来，又得挪上三五百年了。那些时代，孔子是年年祭的，《论语》《孝经》《大学》是村学儿童人人读的，还有士大夫讲理学的风气哩！究竟那每年"洙水桥前，大成殿上，多士济济，肃穆趋跄"，曾何补于当时的惨酷的社会，贪污的政治？

我们回想到我们三十年前在村学堂读书的时候，每年开学是要向孔夫子叩头礼拜的；每天放学，拿了先生批点过的习字，是要向中堂（不一定有孔子像）拜揖，然后回家的。至今回想起来，那个时代的人情风尚也未见得比现在高多少。在许多方面，我们还可以确定地说："最近二十年"比那个拜孔夫子的时代高明得多多了。这二三十年中，我们废除了三千年的太监、一千年的小脚、六百年的八股、四五百年的男娼、五千年的酷刑，这都没有借重孔子的力量。八月二十七那一天汪精卫先生在中央党部演说，也指出"孔子没有反对纳妾，没有反对蓄奴婢；如今呢，纳妾，蓄奴婢，虐待之固是罪恶，善待之亦是罪恶，根本纳妾、蓄奴婢便是罪恶"。汪先生的解说是："仁是万古不易的，而仁的内容与条件是与时俱进的。"这样的解说毕竟不能抹杀历史的事实。事实是"最近"几年中，丝毫没有借重孔夫子，而我们的道德观念已进化到承认"根本纳妾、蓄奴婢便是罪恶"了。

平心说来，"最近二十年"是中国进步最速的时代。无论在知识上，道德上，国民精神上，国民人格上，社会风俗上，政治组织上，民族自信力上，这二十年的进步都可以说是超过以前的任何时代。这时期中自然也有不少的怪现状的暴露，劣根性的表现，然而种种缺陷都不能减损这二十年的总进步的净赢余。这里不是我们专论这个大问题的地方，但我们可以指出这个总进步的几个大项目。

第一，帝制的推翻，而几千年托庇在专制帝王之下的城狐社鼠——一切妃嫔、太监、贵胄、吏胥、捐纳——都跟着倒了。

第二，教育的革新。浅见的人在今日还攻击新教育的失败，但他们若平心想想旧教育是些什么东西，有些什么东西，就可以明白这二三十年的新教育，无论在量上或质上都比三十年前进步至少千百倍了。在消极方面，因旧教育的推倒，八股、骈文、律诗等等谬制都逐渐跟着倒了；在积极方面，新教育虽然还肤浅，然而常识的增加，技能的增加，文字的改革，体育的进步，国家观念的比较普遍，这都是旧教育万不能做到的成绩。（汪精卫先生前天曾说："中国号称以孝治天下，而一开口便侮辱人的母亲，甚至祖宗妹子等。"试问今日受过小学教育的学生还有这种开口骂人妈妈妹子的"国粹"习惯吗？）

第三，家庭的变化。城市工商业与教育的发展使人口趋向都会，受影响最大的是旧式家庭的崩溃，家庭变小了，父母公婆与族长的专制威风减削了，儿女宣告独立了。在这变化的家庭中，妇女的地位的抬高与婚姻制度的改革是五千年来最重大的变化。

第四，社会风俗的改革。小脚、男娼、酷刑等等，我已屡次说过了。在积极方面，如女子的解放，如婚丧礼俗的新试验，如青年对于体育运动的热心，如新医学及公共卫生的逐渐推行，这都是古代圣哲所不曾梦见的大进步。

第五，政治组织的新试验。这是帝制推翻的积极方面的结果。二十多年的试验虽然还没有做到满意的效果，但在许多方面（如新式的司法，如警察，如军事，如胥吏政治之变为士人政治）都已明白地显出几千年来所未曾有的成绩。不过我们生在这个时代，往往为成见所蔽，不肯承认罢了。单就最近几年来颁行的新民法一项而论，其中含有无数超越古昔的优点，已可说是一个不流血的绝大社会革命了。

这些都是毫无可疑的历史事实，都是"最近二十年"中不曾借重孔夫子而居然做到的伟大的进步。革命的成功就是这些，维新的成绩也就是这些。可怜无数维新志士，革命仁人，他们出了大力，冒了大险，替国家民族在二三十年中做到了这样超越前圣、凌驾百王的大进步，到头来，被几句死书迷了眼睛，见了黑旋风不认得是李逵，反倒唉声叹气，发思古之幽情，痛惜今之不如古，梦想从那"荆棘丛生，檐角倾斜"的大成殿里抬出孔圣人来"卫我宗邦，保我族类"！这岂不是天下古今最可怪笑的愚笨吗？

文章写到这里，有人打岔道："喂，你别跑野马了。他们要的是'国民精神上之人格，民族的自信'。在这'最近二十年'里，这些项目也有进步吗？不借重孔夫子，行吗？"

什么是人格？人格只是已养成的行为习惯的总和。什么是信心？信心只是敢于肯定一个不可知的将来的勇气。在这个时代，新旧势力，中西思潮，四方八面的交攻，都自然会影响到我们这一辈人的行为习惯，所以我们很难指出某种人格是某一种势力单独造成的。但我们可以毫不迟疑地说：这二三十年中的领袖人才，正因为生活在一个新世界的新潮流里，他们的人格往往比旧时代的人物更伟大：思想更透辟，知识更丰富，气象更开阔，行为更豪放，人格更崇高。试把孙中山来比曾国藩，我们就可以明白这两个世界的代表人物的不同了。在古典文学的成就上，在世故的磨炼上，在小心谨慎的行为上，中山先生当然比不上曾文正。然而在见解的大胆，气象的雄伟，行为的勇敢上，那一位理学名臣就远不如这一位革命领袖了。照我这十几年来的观察，凡受这个新世界的新文化的震撼最大的人物，他们的人格都可以上比一切时代的圣贤，不但没有愧色，往往超越前人。我且举几个已死的朋友作例子，如高梦旦先生，如蔡元培先生，如丁文江先生。他们的人格的崇高可爱敬，在中国古人中真寻不出相当的伦比。这种人格只有这个新时代才能产生，同时又都是能够给这个时代增加光耀的。

我们谈到古人的人格，往往想到岳飞、文天祥和晚明那些死在廷杖下或天牢里的东林忠臣。我们何不想想这二三十年中为了各种革命慷慨杀身的无数志士！那些年年有特别纪念日追悼的人们，我们姑且不论。我们试想想那些为排满革命而死的许多志士，那些为民十五六年的国民革命而死的无数青年，那些前两年中在上海、在长城一带为抗日卫国而死的无数青年，那些为民十三以来的共产革命而死的无数青年——他们慷慨献身去经营的目标比起东林诸君子的目标来，其伟大真不可比例了。东林诸君子慷慨抗争的是"红丸""移宫""妖书"等等"米米小"的问题；而这无数的革命青年慷慨献身去工作的是全民族的解放，整个国家的自由平等，或他们所梦想的全人类社会的自由平等。我们想到了这二十年中为一个主义而从容杀身的无数青年，我们想起了这无数个"杀身成仁"中国青年，我们不能不低下头来向他们致最深的敬礼，我们不能不颂赞这"最近二十年"是中国史上一个精神人格最崇高、民族自信心最坚强的时代。他们把他们的生命都献给了他们的国家和他们的主义，天下还有比这更大的信心吗？

凡是咒诅这个时代为"人欲横流，人禽无别"的人，都是不曾认识这个新时代的人：他们不认识这二十年中国的空前大进步，也不认识这二十年中整千整万的中国少年流的血究竟为的是什么。

可怜的没有信心的老革命党呵！你们要革命，现在革命做到了这二十年的空前大进步，你们反不认得它了。这二十年的一点进步不是孔夫子之赐，是大家努力革命的结果，是大家接受了一个新世界的新文明的结果。只有向前走是有希望的。开倒车是不会有成功的。

你们心眼里最不满意的现状——你们所咒诅的"人欲横流，人禽无别"——只是任何革命时代所不能避免的一点副产物而已。这种现状的存在，只够证明革命还没有成功，进步还不够。孔圣人是无法帮忙的，开倒车也绝不能引你们回到那个本来不存在的"美德造成的黄金世界"的！养个孩子还免不了肚痛，何况改造一个国家，何况改造一个文化？别灰心了，向前走罢！

（原载1934年9月8日《独立评论》第117号）

读书的习惯重于方法

读书会进行的步骤，也可以说是采取的方式，大概不外三种。

第一种是大家共同选定一本书本读，然后互相交换自己的心得及感想。

第二种是由下往上的自动方式，就是先由会员共同选定某一个专题，限定范围，再由指导者按此范围拟定详细节目，指定参考书籍，每人须于一定期限内做成报告。

第三种是先由导师拟定许多题目，再由各会员任意选定，研究完毕后写成报告。

至于读书的方法，我已经讲了十多年，不过在目前我觉到读书全凭先养成好读书的习惯。读书无捷径，是没有什么简便省力的方法可言的。读书的习惯可分为三点：一是勤，二是慎，三是谦。

首先，勤苦耐劳是成功的基础，做学问更不能欺己欺人，所以非勤不可；其次，谨慎小心也是很需要的，清代的汉学家著名的如高邮王氏父子、段茂堂等的成功，都是遇事不肯轻易放过，旁人看不见的自己便可看见了。如今的放大几千万倍的显微镜，也不过想把从前看不见的东西现在都看见罢了。谦就是态度的谦虚，自己万不可先存一点成见，总要不分地域门户，一概虚心地加以考察后，再决定取舍。这三点都是很要紧的。

再次还有个买书的习惯也是必要的，闲时可多往书摊上逛逛，无论什么书都要去摸一摸，你的兴趣就是凭你伸手乱摸后才知道的。图书馆里虽有许多的书供你参考，然而这是不够的，因为你想往上圈画一下都不能，更不能随便地批写。所以至少对于自己所学的有关的几本必备书籍，无论如何，就是少买一双皮鞋，这些书都是非买不可的。

青年人要读书，不必先谈方法，要紧的是先养成好读书、好买书的习惯。

（原载1935年5月14日《大学新闻周报》）

找书的快乐

主席、诸位先生：

我不是藏书家，只不过是一个爱读书、能够用书的书生，自己买书的时候，总是先买工具书，然后才买本行书，换一行时，就得另外买一种书。今年我六十九岁了，还不知道自己的本行到底是哪一门，是中国哲学呢？还是中国思想史？抑或是中国文学史？或者是中国小说史？《水经注》？中国佛教思想史？中国禅宗史？我所说的"本行"，其实就是我的兴趣，兴趣愈多就愈不能不收书了。十一年前我离开北平时，已经有一百箱的书，大约有一二万册。离开北平以前的几小时，我曾经暗想着：我不是藏书家，却是用书家。收集了这么多的书，舍弃了，太可惜；带吧，因为坐飞机又带不了。结果只带了一些笔记，并且在那一二万册书中，挑选了一部书，作为对一二万册书的纪念，这一部书就是残本的《红楼梦》。四本只有十六回，这四本《红楼梦》可以说是世界上最老的抄本。收集了几十年的书，到末了只带了四本，等于当兵缴了械，我也变成一个没有棍子、没有猴子的变把戏的叫花子。

这十一年来，又蒙朋友送了我很多书，加上历年来自己新买的书，又把我现在住的地方堆满了，但这都是些不相干的书，自己本行的书一本也没有，找资料还需要依靠台湾"中研院"史语所的图书馆和别的图书馆，如台湾大学图书馆、台北"中央图书馆"等救急。

找书有甘苦，真伪费推敲

我这个用书的旧书生，一生找书的快乐固然有，但是，找不到书的苦处也尝到过。民国九年（1920）七月，我开始写《水浒传考证》的时候，参考的材料只有金圣叹的七十一回本《水浒传》《征四寇》及《水浒后传》等，至于《水浒传》的一百回本、一百一十回本、一百一十五回本、一百廿回本、一百廿四回本，还都没有看到。等我的《水浒传考证》问世的时候，日本才发现《水浒》的一百一十五回本及一百回本、一百一十回本及一百廿回本，同时我自己也找到了一百一十五回本及一百廿四回本。做考据工作，没有书是很可怜的。

考证《红楼梦》的时候，大家知道的材料很多，普通所看到的《红楼梦》都是一百廿回本，这种一百廿回本并非真的《红楼梦》。曹雪芹四十多岁死去时，只写到八十回，后来由程伟元、高鹗合作，一个出钱，一个出力，完成了后四十回。乾隆五十六年的活字版排出了一百廿回的初版本，书前有程、高二人的序文说："世人都想看到《红楼梦》的全本，前八十回中黛玉未死，宝玉未娶，大家极想知道这本书的结局如何，但无人找到全的《红楼梦》。近因程、高二人在一卖糖摊子上发现有一大卷旧书，细看之下，竟是世人遍寻无着的《红楼梦》后四十回，因此特加校订，与前八十回一并刊出。"可是天下这样巧的事很少，所以我猜想序文中的说法不可靠。

考证《红楼梦》，清查曹雪芹

三十年前我考证《红楼梦》时，曾经提出两个问题，这是研究红学的人值得研究的。

一、《红楼梦》的作者是谁？作者是怎样一个人？他的家世如何？家世传记有没有可考的资料？曹雪芹所写的那些繁华世界是有根据的吗，还是关着门自己胡诌乱说？

二、《红楼梦》的版本问题，是八十回，还是一百廿回？后四十回是哪里来的？

那时候有七八种《红楼梦》的考证，俞平伯、顾颉刚都帮我找过材料。最初发现乾隆五十七年（1792）有程伟元序的乙本，其中并有高鹗的序文及引言七条，以后发现早一年出版的甲本，证明后四十回是高鹗所续，而由程伟元出钱活字刊印。又从其他许多材料里知道曹雪芹家为江南的织造世职，专为皇室纺织绸缎，供给宫内帝后、妃嫔及太子、王孙等穿戴，或者供皇帝赏赐臣下。后来在清理故宫时，从康熙皇帝一秘密抽屉内发现若干文件，知道曹雪芹的祖父曹寅，等于皇帝派出的特务，负责察看民心年成，或是退休丞相的动态，由此可知曹家为阔绰大户。《红楼梦》中有一段说到王熙凤和李嬷嬷谈皇帝南巡，下榻贾家，可知是真的事实。以后我又经河南的一位张先生指点，找到杨钟羲的《雪桥诗话》及《八旗经文》，以及有关爱新觉罗宗室敦诚、敦敏的记载，知道曹雪芹名霑、号雪芹，是曹寅的孙子，接着又找到了《八旗人诗抄》《熙朝雅颂集》，找到敦诚、敦敏兄弟赠送曹雪芹的诗，又找到敦诚的《四松堂集》，是一本清抄，未删底本，其中有挽曹雪芹的诗，内有"四十年华付杳冥"句，下款年月日为甲申（即乾隆甲申廿九年，西历1764年）。从这里可以知道曹雪芹去世的年代，他的年龄为四十岁左右。

险失好材料，再评《石头记》

民国十六年（1927）我从欧美返国，住在上海，有人写信告诉我，要卖一本《脂砚斋评石头记》给我，那时我以为自己的资料已经很多，未加理会。不久以后和徐志摩在上海办新月书店，那人又将书送来给我看，原来是甲戌年手抄再评本，虽然只有十六回，但包括了很多重要史料。里面有"壬午除夕，书未成，芹为泪尽而逝。甲午八月泪笔"的句子，指出曹雪芹逝于乾隆廿七年冬，即西历1763年2月12日。"字字看来皆是血，十年辛苦不寻常"的诗句，充分描绘出曹雪芹写《红楼梦》时的情态。脂砚斋则可能是曹雪芹的太太或朋友。自从民国十七年（1928）二月我发表了《考证红楼梦的新材料》之后，大家才注意到《脂砚斋评本石头记》。不过，我后来又在民国廿二年（1933）从徐星署先生处借来一部庚辰秋定本脂砚斋四阅评过的《石头记》，是乾隆廿五年（1761）本，八十回，其中缺六十四、六十七两回。

谈《儒林外史》，推赞吴敬梓

现在再谈谈我对《儒林外史》的考证。《儒林外史》是部骂当时教育制度的书，批评政治制度中的科举制度。我起初发现的只有吴敬梓的《文木山房集》中的赋一卷（4篇）、诗二卷（131首）、词一卷（47首），拿这当作材料。但在一百年前，我国的大诗人金和，他在跋《儒林外史》时，说他收有《文木山房集》，有文五卷。可是一般人都说《文木山房集》没有刻本，我不相信，便托人在北京的书店找，找了几年都没有结果，到了民国七年（1918）才在带经堂书店找到。我用这本集子参考安徽《全椒县志》，写成一本一万八千字的《吴敬梓年谱》。中国小说传记资料，没有一个能比这更多的，民国十四年（1925），我把这本书排印问世。

如果拿曹雪芹和吴敬梓二人做一个比较，我觉得曹雪芹的思想很平凡，而吴敬梓的思想则超过当时的时代，有着强烈的反抗意识。吴敬梓在《儒林外史》里，严刻地批评教育制度，而且有他的较科学化的观念。

有计划找书，考证神会僧

前面谈到的都是没有计划的找书，有计划的找书更是其乐无穷。所谓有计划的找书，便是用"大胆的假设，小心的求证"的方法去找书，现在再拿我找神会和尚的事做例子，这是我有计划的找书。

神会和尚是唐代禅宗七祖大师，我从《宋高僧传》的慧能和神会传里发现神会和尚的重要，当时便做了个大胆的假设，猜想有关神会和尚的资料只有在日本和敦煌两地可以发现。因为唐朝时，日本派人来中国留学的很多，一定带回去不少史料，经过"小心的求证"，后来果然在日本找到宗密的《圆觉大疏抄》和《禅源诸诠集》，另外又在巴黎的（法国）国家图书馆及伦敦的大英博物馆发现数卷神会和尚的资料。知道神会和尚是湖北襄阳人，到洛阳、长安传布大乘佛法，并指陈当时的两京法祖三帝国师非禅宗嫡传，远在广东的六祖慧能才是真正禅宗一脉相传下来的。但是神会的这些指陈不为当时政府所取信，反而贬走神会。刚好那时发生安史之乱，唐玄宗远避四川，肃宗召郭子仪平乱，这时国家财政贫乏，军队饷银只好用度牒代替，如此必须要有一位高僧宣扬佛法，令人乐于接受度牒，神会和尚就担任了这项推行度牒的任务。郭子仪收复两京（洛阳、长安），军饷的来源不得不归功神会。安史之乱平了后，肃宗迎请神会入宫奉养，并且尊神会为禅宗七祖，所以神会是南宗的急先锋，北宗的毁灭者，新禅学的建立者，《坛经》的创作者，在中国佛教史上没有第二个人有这样伟大的功勋。我所研究的《神会和尚全集》可望在明年由台湾"中央研究院"历史语言研究所出版。

最后，根据我个人几十年来找书的经验，发现我们过去的藏书的范围是褊狭的。过去收书的目标集于收藏古董，小说之类绝不在藏书之列，但我们必须了解了解，真正收书的态度，是要无所不收的。

（本文为1959年12月27日胡适在台湾"中国图书馆学会"年会上的演讲，原载1962年12月26日台北《中国图书馆学会会报》第14期）

辑二　关于人生

贞操问题

一

周作人先生所译的日本与谢野晶子的《贞操论》(《新青年》四卷五号),我读了很有感触。这个问题,在世界上受了几千年无意识的迷信,到近几十年中,方才有些西洋学者正式讨论这问题的真意义。文学家如易卜生的《群鬼》和Thomas Hardy的《苔丝》(Tess)[①]都带着讨论这个问题。如今家庭专制最厉害的日本居然也有这样大胆的议论!这是东方文明史上一件极可贺的事。

当周先生翻译这篇文字的时候,北京一家很有价值的报纸登出一篇恰相反的文章。这篇文章是海宁朱尔迈的《会葬唐烈妇记》(七月二十三四日北京《中华新报》)。上半篇写唐烈妇之死如下:

唐烈妇之死,所阅灰水,钱卤,投河,雉经者五,前后绝食

[①] 即托马斯·哈代的《德伯家的苔丝》。

者三；又益之以砒霜，则其亲试乎杀人之方者凡九。自除夕上溯其夫亡之夕，凡九十有八日。夫以九死之惨毒，又历九十八日之长，非所称百挫千折有进而无退者乎？……

下文又借出一件"俞氏女守节"的事来替唐烈妇作陪衬：

女年十九，受海监张氏聘，未于归，夫夭，女即绝食七日；家人劝之力，始进糜曰，"吾即生，必至张氏，宁服丧三年，然后归报地下。"

最妙的是朱尔迈的论断：

嗟乎，俞氏女盖闻烈妇之风而兴起者乎？……俞氏女果能死于绝食七日之内，岂不甚幸？乃为家人阻之，俞氏女亦以三年为己任，余正恐三年之间，凡一千八十日有奇，非如烈妇之九十乙日也。且绝食之后，其家人防之者百端，……虽有死之志，而无死之间，可奈何？烈妇倘能阴相之以成其节，风化所关，猗欤盛矣！

这种议论简直是全无心肝的贞操论。俞氏女还不曾出嫁，不过因为信了那种荒谬的贞操迷信，想做那"青史上留名的事"，所以绝食寻死，想做烈女。这位朱先生要维持风化，所以忍心巴望那位烈妇的英灵来帮助俞氏女赶快死了，"岂不甚幸"！这种议论可算得贞操迷信的极端代表。《儒林外史》里面的王玉辉看他女儿殉夫死了，不但不哀痛，反仰天大笑道："死得好！死得好!"(五十二回)王玉辉的女儿殉已嫁之夫,尚在情理之中。王玉辉自己"生这女儿为伦纪生色",他看他女儿死了反觉高兴,已不在情理中了。至于这位朱先生巴望别人家的女儿替他未婚夫做烈女,说出那种"猗欤盛哉"的全无心肝的话,可不是贞操迷信的极端代表吗?

贞操问题之中,第一无道理的,便是这个替未婚夫守节和殉烈的风俗。在文明国里,男女用自由意志,由高尚的恋爱,订了婚约,有时男的或女的不幸死了,剩下的那一个因为生时爱情太深,故情愿不再婚嫁。这是合情理的事。若在婚姻不自由之国,男女订婚以后,女的还不知男的面长面短,有何情爱可言?不料竟有一种陋儒,用"青史上留名的事"来鼓励无知女儿做烈女,"为伦纪生色""风化所关,猗欤盛矣"!我以为我们今日若要作具体的贞操论,第一步就该反对这种忍心害理的烈女论,要渐渐养成一种舆论,不但永不把这种行为看作"猗欤盛矣"可旌表褒扬的事,还要公认这是不合人情、不合天理的罪恶,还要公认劝人做烈女,罪等于故意杀人。

这不过是贞操问题的一方面。这个问题的真相,与谢野晶子已经说得很明白了。他提出几个疑问,内中有一条是:"贞操是否单是女子必要的道德,还是男女都必要的呢?"这个疑问,在中国更为重要。中国的男子要他们的妻子替他们守贞守节,他们自己却公然嫖妓,公然纳妾,公然"吊膀子"。再嫁的妇人在社会上几乎没有社交的资格;再婚的男子、多妻的男子,却一毫不损失他们的身份,这不是最不平等的事吗?怪不得古人要请"周婆制礼"来补救"周公制礼"的不平等了。

我不是说,因为男子嫖妓,女子便该偷汉;也不是说,因为老爷有姨太太,太太便该有姨老爷。我说的是,男子嫖妓,与妇人偷汉,犯的是同等的罪恶;老爷纳妾,与太太偷人,犯的也是同等的罪恶。

为什么呢?因为贞操不是个人的事,乃是人对人的事;不是一方面的事,乃是双方面的事。女子尊重男子的爱情,心思专一,不肯再爱别人,这就是贞操。贞操是一个"人"对别一个"人"的一种态度。因为如此,男子对于女子,也该有同等的态度,若男子不能照样还敬,他就是不配受这种贞操的待遇。这并不是外国进口的妖言,这乃是孔丘说的"己所不欲,勿施于人"。孔丘说:"君子之道四,丘未能一焉:所求乎子以事父,未能也;所求乎臣以事君,未能也;所求乎弟以事兄,未能也;所求乎朋友,先施之,未能也。"

孔丘"五伦"之中,只说了"四伦",未免有点欠缺。他理该加上一句道:"所求乎吾妇,先施之,未能也。"

这才是大公无私的圣人之道!

二

我这篇文字刚才做完,又在上海报上看见陈烈女殉夫的事。今先记此事大略如下:

陈烈女名宛珍,绍兴县人,三世居上海。年十七,字王远甫之子菁士。菁士于本年三月廿三日病死,年十八岁。陈女闻死耗,即沐浴更衣,潜自仰药。其家人觉察,仓皇施救,已无及。女乃泫然曰:"儿志早决。生虽未获见夫,殁或相从地下……"

言讫，遂死，死时距其未婚夫之死仅三时而已。(此据上海绍兴同乡会所出征文启)

过了两天，又见上海县知事呈江苏省省长请予褒扬的呈文中说：

为陈烈女行实可风，造册具书证明，请予按例褒扬事……(事实略)……兹据呈称……并开具事实，附送褒扬费银六元前来。知事复查无异。除先给予"贞烈可风"匾额，以资旌表外，谨援《褒扬条例》……之规定，造具清册，并附证明书，连同褒扬费，一并构文呈送，仰祈鉴核，俯赐咨行内务部将陈烈女按例褒扬，实为德便。

我读了这篇呈文，方才知道我们中华民国居然还有什么《褒扬条例》。于是我把那些条例寻来一看，只见第一条九种可褒扬的行谊的第二款便是"妇女节烈贞操可以风世者"，第七款是"著述书籍，制造器用，于学术技艺或发明或改良之功者"，第九款是"年逾百岁者"！一个人偶然活到了一百岁，居然也可以与学术技艺上的著作发明享受同等的褒扬！这已是不伦不类可笑得很了。再看那条例《施行细则》解释第一条第二款的"妇女节烈贞操可以风世者"如下：

第二条：《褒扬条例》第一条第二款所称之"节"妇，其守节年限自三十岁以前守节至五十岁以后者。但年未五十而身故，其守节已及六年者同。

第三条：同条款所称之"烈"妇"烈"女，凡遇强暴不从致死，或羞忿自尽，及夫亡殉节者，属之。

第四条：同条款所称之"贞"女，守贞年限与节妇同。其在夫家守贞身故，及未符年例而身故者，亦属之。

以上各条乃是中国贞操问题的中心点。第二条褒扬"自三十岁以前守节至五十岁以后"的节妇，是中国法律明明认三十岁以下的寡妇不该再嫁，再嫁为不道德。第三条褒扬"夫亡殉节"的烈妇烈女，是中国法律明明鼓励妇人自杀以殉夫，明明鼓励未嫁女子自杀以殉未嫁之夫。第四条褒扬未嫁女子替未婚亡夫守贞二十年以上，是中国法律明明说未嫁而丧夫的女子不该再嫁人，再嫁便是不道德。

是中国法律对于贞操问题的规定。

依我个人的意思看来，这三种规定都没有成立的理由。

第一，寡妇再嫁问题。这全是一个个人问题。妇人若是对他已死的丈夫真有割不断的情义，他自己不忍再嫁；或是已有了孩子，不肯再嫁；或是年纪已大，不能再嫁；或是家道殷实，不愁衣食，不必再嫁——妇人处于这种境地，自然守节不嫁。还有一些妇人，对他丈夫，或有怨心，或无恩意，年纪又轻，不肯抛弃人生正当的家庭快乐；或是没有儿女，家又贫苦，不能度日——妇人处于这种境遇没有守节的理由，为个人计，为社会计，为人道计，都该劝他改嫁。贞操乃是夫妇相待的一种态度。夫妇之间爱情深了，恩谊厚了，无论谁生谁死，无论生时死后，都不忍把这爱情移于别人，这便是贞操。夫妻之间若没有爱情恩意，即没有贞操可说。若不问夫妇之间有无可以永久不变的爱情，若不问做丈夫的配不配受他妻子的贞操，只晓得主张做妻子的总该替他丈夫守节，这是一偏的贞操论，这是不合人情公理的伦理。再者，贞操的道德，"照各人境遇体质的不同，有时能守，有时不能守；在甲能守，在乙不能守"（用与谢野晶子的话）。若不问个人的境遇体质，只晓得说"忠臣不事二君，烈女不更二夫"；只晓得说"饿死事极小，失节事极大"（用程子语）；这是忍心害理，男子专制的贞操论。以上所说，大旨只要指出寡妇应否再嫁全是个人问题，有个人恩情上、体质上、家计上种种不同的理由，不可偏于一方面主张不近情理地守节。因为如此，故我极端反对国家用法律的规定来褒扬守节不嫁的寡妇。褒扬守节的寡妇，即是说寡妇再嫁为不道德，即是主张一偏的贞操论。法律既不能断定寡妇再嫁为不道德，即不该褒扬不嫁的寡妇。

第二，烈妇殉夫问题。寡妇守节最正当的理由是夫妇间的爱情。妇人殉夫最正当的理由也是夫妇间的爱情。爱情深了，生离尚且不能堪，何况死别？再加以宗教的迷信，以为死后可以夫妇团圆。因此有许多妇人，夫死之后，情愿杀身从夫于地下。这个不属于贞操问题。但我以为无论如何，这也是个人恩爱问题，应由个人自由意志去决定。无论如何，法律总不该正式褒扬妇人自杀殉夫的举动。一来呢，殉夫既由于个人的恩爱，何须用法律来褒扬鼓励？二来呢，殉夫若由于死后团圆的迷信，更不该有法律的褒扬了。三来呢，若用法律来褒扬殉夫的烈妇，有一些好名的妇人，便要借此博一个"青史留名"，是法律的褒扬反发生一种沽名钓誉，作为不诚的行为了！

第三，贞女烈女问题。未嫁而夫死的女子，守贞不嫁的，是"贞女"；杀身殉夫的，是"烈女"。我上文说过，夫妇之间若没有恩爱,即没有贞操可说。依此看来,那未嫁的女子,对于她丈夫有何恩爱?既无恩爱,更有何贞操可守?我说到这里,有个朋友驳我道:"这话别人说了还可,胡适之可不该说这话。为什么呢?你自己曾作过一首诗,诗里有一段道:

我不认得他,他不认得我,我却常念他,这是为什么?

岂不因我们,分定常相亲?由分生情意,所以非路人。海外土生子,生不识故里,终有故乡情,其理亦如此。

依你这诗的理论看来,岂不是已订婚而未嫁娶的男女因为名分已定,也会有一种情意。既有了情意,自然发生贞操问题。你于今又说未婚嫁的男女没有恩爱,故也没有贞操可说,可不是自相矛盾吗?"

我听了这番驳论,几乎开口不得。想了一想,我才回答道:我那首诗所说名分上发生的情意,自然是有的;若没有那种名分上的情意,中国的旧式婚姻绝不能存在。如旧日女子听人说他未婚夫的事,即面红害羞,即留神注意,可见她对她未婚夫实有这种名分上所发生的情谊,但这种情谊完全属于理想的。这种理想的情谊往往因实际上的反证,遂完全消灭。如女子悬想一个可爱的丈夫,及到嫁时,只见一个极下流不堪的男子,她如何能坚持那从前理想中的情谊呢?我承认名分可以发生一种情谊,我并且希望一切名分都能发生相当的情谊。但这种理想的情谊,依我看来实在不够发生终身不嫁的贞操,更不够发生杀身殉夫的节烈。即使我更让一步,承认中国有些女子,例如吴趼人《恨海》里那个浪子的聘妻,深中了圣贤经传的毒,由名分上真能生出极浓挚的情谊，无论他未婚夫如何淫荡，人格如何堕落，依旧贞一不变。试问我们在这个文明时代，是否应该赞成提倡这种盲从的贞操？这种盲从的贞操，只值得一句"其愚不可及也"的评论，却不值得法律的褒扬。法律既许未嫁的女子夫死再嫁，便不该褒扬处女守贞。至于法律褒扬无辜女子自杀以殉不曾见面的丈夫，那更是男子专制时代的风俗，不该存在于现今的世界。

总而言之，我对于中国人的贞操问题，有三层意见。

第一，这个问题，从前的人都看作"天经地义"，一味盲从，全不研究"贞操"两字究竟有何意义。我们生在今日，无论提倡何种道德，总该想想那种道德的真意义是什么。《墨子》说得好：

子墨子曰问于儒者："何故为乐？"曰："乐以为乐也。"子墨子曰："子未我应也。今我问曰：'何故为室？'曰：'冬避寒焉，夏避暑焉，室以为男女之别也。'则子告我为室之故矣。今我问曰：'何故为乐？'曰：'乐以为乐也。'是犹曰'何故为室？'曰'室以为室也'。"（《公孟》篇）

今试问人"贞操是什么"或"为什么你褒扬贞操"？他一定回答道："贞操就是贞操。我因为这是贞操，故褒扬他。"这种"室以为室也"的论理，便是今日道德思想宣告破产的证据。故我做这篇文字的第一个主意只是要大家知道"贞操"这个问题并不是"天经地义"，是可以彻底研究、可以反复讨论的。

第二，我以为贞操是男女相待的一种态度，乃是双方交互的道德，不是偏于女子一方面的。由这个前提，便生出几条引申的意见：

（一）男子对于女子、丈夫对于妻子，也应有贞操的态度；

（二）男子做不贞操的行为，如嫖妓娶妾之类，社会上应该用对待不贞妇女的态度来对待他；

（三）妇女对于无贞操的丈夫，没有守贞操的责任；

（四）社会法律既不认嫖妓纳妾为不道德，便不该褒扬女子的"节烈贞操"。

第三，我绝对地反对褒扬贞操的法律。我的理由是：

（一）贞操是个人男女双方对待的一种态度，诚意的贞操是完全自动的道德，不容有外部的干涉，不须有法律的提倡；

（二）若用法律的褒扬为提倡贞操的方法，势必至造成许多沽名钓誉、不诚不实、无意识的贞操举动；

（三）在现代社会，许多贞操问题，如寡妇再嫁，处女守贞等等问题的是非得失，却都还有讨论余地，法律不当以武断的态度制定褒贬的规条；

（四）法律既不奖励男子的贞操，又不惩男子的不贞操，便不该单独提倡女子的贞操；

（五）以近世人道主义的眼光看来，褒扬烈妇烈女杀身殉夫，都是野蛮残忍的法律，这种法律，在今日没有存在的地位。

（原载1918年7月《新青年》第5卷第1号）

不朽

——我的宗教

不朽有种种说法，但是总括看来，只有两种说法是真有区别的。一种是把"不朽"解作灵魂不灭的意思。一种就是《春秋左传》上说的"三不朽"。

一、神不灭论

宗教家往往说灵魂不灭，死后须受末日的裁判：做好事的享受天国天堂的快乐，做恶事的要受地狱的苦痛。这种说法，几千年来不但受了无数愚夫愚妇的迷信，居然还受了许多学者的信仰，但是古今来也有许多学者对于灵魂是否可离形体而存在的问题，不能不发疑问。最重要的如南北朝人范缜的《神灭论》说："形者神之质，神者形之用……神之于质，犹利之于刀；形之于用，犹刀之于利……舍利无刀，舍刀无利。未闻刀没而利存，岂容形亡而神在哉？"宋朝的司马光也说："形既朽灭，神亦飘散，虽有剉烧舂磨，亦无所施。"但是司马光说的"形既朽灭，神亦飘散"，还不免把形与神看作两件事，不如范缜说得更透彻。范缜说人的神灵即是形体的作用，形体便是神灵的形质。正如刀子是形质，刀子的利钝是作用；有刀子方才有利钝，没有刀子便没有利钝。人有形体方才有作用：这个作用，我们叫作"灵魂"。若没有形体，便没有作用了，便没有灵魂了。范缜这篇《神灭论》出来的时候，惹起了无数人的反对。梁武帝叫了七十几个名士作论驳他，都没有什么真有价值的议论。其中只有沈约的《难神灭论》说："利若遍施四方，则利体无处复立；利之为用正存一边毫毛处耳。神之与形，举体若合，又安得同乎？或以此譬为尽耶，则不尽；若谓本不尽耶，则不可以为譬也。"这一段是说刀是无机体，人是有机体，故不能彼此相比。这话固然有理，但终不能推翻"神者形之用"的议论。近世唯物派的学者也说人的灵魂并不是什么无形体、独立存在的物事，不过是神经作用的总名。灵魂的种种作用都即是脑部各部分的机能作用，若有某部被损伤，某种作用即时废止。人幼年时脑部不曾完全发达，神灵作用也不能完全；老年人脑部渐渐衰耗，神灵作用也渐渐衰耗。这种议论的大旨，与范缜所说"神者形之用"正相同，但是有许多人总舍不得把灵魂打消了，所以咬住说灵魂另是一种神秘玄妙的物事，并不是神经的作用。这个"神秘玄妙"的物事究竟是什么，他们也说不出来，只觉得总应该有这么一件物事。既是"神秘玄妙"，自然不能用科学试验来证明它，也不能用科学试验来驳倒它。既然如此，我们只好用实验主义（Pragmatism）的方法，看这种学说的实际效果如何，以为评判的标准。依此标准看来，信神不灭论的固然也有好人，信神灭论的也未必全是坏人。即如司马光、范缜、赫胥黎一类的人，说不信灵魂不灭的话，何尝没有高尚的道德？更进一层说，有些人因为迷信天堂、天国、地狱、末日裁判，方才修德行善，这种修行全是自私自利的，也算不得真正道德。总而言之，灵魂灭不灭的问题，于人生行为上实在没有什么重大影响。既没有实际的影响，简直可说是不成问题了。

二、"三不朽"说

《春秋左传》说的三种不朽是：（一）立德的不朽；（二）立功的不朽；（三）立言的不朽。"德"便是个人人格的价值，像墨翟、耶稣一类的人，一生刻意孤行，精诚勇猛，使当时的人敬爱信仰，使千百年后的人想念崇拜。这便是立德的不朽。"功"便是事业，像哥伦布发现美洲，像华盛顿造成美洲共和国[①]，替当时的人开一新天地，替历史开一新纪元，替天下后世的人种下无量幸福的种子。这便是立功的不朽。"言"便是语言著作，像那《诗经》三百篇的许多无名诗人，又像陶潜、杜甫、莎士比亚、易卜生一类的文学家，又像柏拉图、卢梭、弥尔顿一类的哲学家，又像牛顿、达尔文一类的科学家，或是做了几首好诗使千百年后的人欢喜感叹，或是做了几本好戏使当时的人鼓舞感动，使后世的人发愤兴起，或是创出一种新哲学，或是发明了一种新学说，或在当时掀起思想的革命，或在后世影响无穷。这便是立言的不朽。总而言之，这种不朽说，不问人死后灵魂能不能存在，只问他的人格，他的事业，他的著作有没有永远存在的价值。即如基督教徒说耶稣是上帝的儿子，他的神灵永远存在，我们正不

---

① 即美利坚合众国。

用驳这种无凭据的神话,只说耶稣的人格、事业和教训都可以不朽,又何必说那些无谓的神话呢?又如孔教会的人到了孔丘的生日,一定要举行祭孔的典礼,还有些人学那"朝山进香"的法子,要赶到曲阜孔林去对孔丘的神灵表示敬意!其实孔丘的不朽全在他的人格与教训,不在他那"在天之灵"。大总统多行两次丁祭,孔教会多走两次"朝山进香",就可以使孔丘格外不朽了吗?更进一步说,像那《诗经》三百篇里的诗人,也没有姓名,也没有事实,但是他们都可说是立言的不朽。为什么呢?因为不朽全靠一个人的真价值,并不靠姓名事实的流传,也不靠灵魂的存在。试看古今来的多少大发明家,那发明火的,发明养蚕的,发明缫丝的,发明织布的,发明水车的,发明舂米的水碓的,发明规矩的,发明秤的……虽然姓名不传,事实湮没,但他们的功业永远存在,他们也就都不朽了。这种不朽比那个人的小小灵魂的存在,可不是更可宝贵,更可羡慕吗?况且那灵魂的有无还在不可知之中,这三种不朽——"德""功""言"——可是实在的。这三种不朽可不是比那灵魂的不灭更靠得住吗?

以上两种不朽论,依我个人看来,不消说得,那"'三不朽'说"是比那"神不灭说"好得多了,但是那"三不朽"说还有三层缺点,不可不知。第一,照平常的解说看来,那些真能不朽的人只不过那极少数有道德、有功业、有著述的人。那无量平常人难道就没有不朽的希望吗?世界上能有几个墨翟、耶稣,几个哥伦布、华盛顿,几个杜甫、陶潜,几个牛顿、达尔文呢?这岂不成了一种"寡头"的不朽论吗?第二,这种不朽论单从积极一方面着想,但没有消极的裁制。那种灵魂的不朽论既说有天国的快乐,又说有地狱的苦楚,是积极消极两方面都顾着的。如今单说立德可以不朽，不立德又怎样呢？立功可以不朽，有罪恶又怎样呢？第三，这种不朽论所说的"德""功""言"三件，范围都很含糊。究竟怎样的人格方才可算是"德"呢？怎样的事业方才可算是"功"呢？怎样的著作方才可算是"言"呢？我且举一个例。哥伦布发现美洲固然可算得立了不朽之功，但是他船上的水手火头又怎样呢？他那只船的造船工人又怎样呢？他船上用的罗盘器械的制造工人又怎样呢？他所读的书的著作者又怎样呢？……举这一条例，已可见"三不朽"的界限含糊不清了。

因为要补足这三层缺点，所以我想提出第三种不朽论来请大家讨论。我一时想不起别的好名字，姑且称他做"社会的不朽论"。

三、社会的不朽论

社会的生命，无论是看纵剖面，还是看横截面，都像一种有机的组织。从纵剖面看来，社会的历史是不断的。前人影响后人，后人又影响更后人。没有我们的祖宗和那无数的古人，又哪里有今日的我和你？没有今日的我和你，又哪里有将来的后人？没有那无量数的个人，便没有历史，但是没有历史，那无数的个人也绝不是那个样子的个人：总而言之，个人造成历史，历史造成个人。从横截面看来，社会的生活是交互影响的：个人造成社会，社会造成个人；社会的生活全靠个人分工合作的生活，但个人的生活，无论如何不同，都脱不了社会的影响；若没有那样这样的社会，绝不会有这样那样的我和你；若没有无数的我和你，社会也绝不是这个样子。莱布尼茨（Leibnitz）说得好：

这个世界乃是一片大充实（Plenum，为真空[Vacuum]之对），其中一切物质都是接连着的。一个大充实里面有一点变动，全部的物质都要受影响，影响的程度与物体距离的远近成正比例。世界也是如此。每一个人不但直接受他身边亲近的人的影响，并且间接又间接地受距离很远的人的影响。所以世间的交互影响，无论距离远近，都受得着的。所以世界上的人，每人受着全世界一切动作的影响。如果他有周知万物的智慧，他可以在每人的身上看出世间一切施为，无论过去未来都可看得出，在这一个现在里面便有无穷时间空间的影子。（见Monadology[《单子论》]第六十一节）

从这个交互影响的社会观和世界观上面，便生出我所说的"社会的不朽论"来。我这"社会的不朽论"的大旨：

我这个"小我"不是独立存在的，是和无量数"小我"有直接或间接的交互关系的；是和社会的全体和世界的全体都有互为影响的关系的；是和社会世界的过去和未来都有因果关系的。种种从前的因，种种现在无数"小我"和无数他种势力所造成的因，都成了我这个"小我"的一部分。我这个"小我"，加上了种种从前的因，又加上了种种现在的因，传递下去，又要造成无数将来的"小我"。这种种过去的"小我"，和种种现在的"小我"，和种种将来无穷的"小我"，一代传一代、一点加一滴，一线相传、连绵不断，一水奔流、滔滔不绝——这便是一个"大我"。"小我"是会消灭的，"大我"是永远不灭的。"小我"是有死的，"大我"是永远不死，永远不朽的。"小我"虽然会死，但是每一个"小我"的一切作为，一切功德罪恶，一切语言行事，无论大小，无论是非，无论善恶，一一都永远留存在那个"大我"之中。那个"大我"，便是古往今来一切"小我"的纪功碑、彰善词、罪状判决书、孝子慈孙百世不能改的恶谥法。这个"大我"是永远不朽的，故一切"小我"的事业、人格、一举一动、一言一笑、一个念头、一场功劳、一桩罪过，也都永远不朽。这便是社会的不朽，"大我"的不朽。

那边"一座低低的土墙，遮着一个弹三弦的人"。那三弦的声浪，在空间起了无数波澜；那被冲动的空气质点，直接间接冲动无数旁的空气质点；这种波澜，由近而远，至于无穷空间；由现在而将来，由此刹那以至于无量刹那，至于无穷时间——这已是不灭不朽了。那时间，那"低低的土墙"外边来了一位诗人，听见那三弦的声音，忽然起了一个念头；由这一个念头，就成了一首好诗；这首好诗传诵了许多人；人读了这诗，各起种种念头；由这种种念头，更发生无量数的念头，更发生无数的动作，以至于无穷。然而那"低低的土墙"里面那个弹三弦的人，又如何知道他所发生的影响呢？

一个生肺病的人在路上偶然吐了一口痰。那口痰被太阳晒干了，化为微尘，被风吹起空中，东西飘散，渐吹渐远，至于无穷时间，至于无穷空间。偶然一部分的病菌被体弱的人呼吸进去，便发生肺病，由他一身传染一家，更由一家传染无数人家。如此辗转传染，至于无穷空间，至于无穷时间。然而那先前吐痰的人的骨头早已腐烂了，他又如何知道他所种的恶果呢？

一千五六百年前有一个人叫作范缜说了几句话，道："神之于形，犹利之于刀……未闻刀没而利存，岂容形亡而神在？"这几句话在当时受了无数人的攻击。到了宋朝有个司马光把这几句话记在他的《资治通鉴》里。一千五六百年之后,有一个十一岁的小孩子——就是我——看《资治通鉴》到这几句话,心里受了一大感动,后来便影响了他半生的思想行事。然而那说话的范缜早已死了一千五百年了!

二千六七百年前,在印度有一个穷人病死了,没人收尸,尸首暴露在路上,已腐烂了。那边来了一辆车,车上坐着一个皇太子,看见了这个腐烂发臭的死人,心中起了一念;由这一念,辗转发生无数念。后来那位皇太子把王位也抛了,富贵也抛了,父母妻子也抛了,独自去寻思一个解脱生老病死的方法。后来这位皇太子便成了一个教主,创了一种哲学的宗教,感化了无数人。他的影响势力至今还在,将来即使他的宗教全灭了,他的影响势力终究还存在,以至于无穷。这可是那腐烂发臭的路毙所曾梦想到的吗?

以上不过是略举几件事,说明上文说的"社会的不朽""'大我'的不朽"。这种不朽论,总而言之,只是说个人的一切功德罪恶、一切言语行事,无论大小好坏,都留下一些影响在那个"大我"之中,都与这永远不朽的"大我"一同永远不朽。

上文我批评那"三不朽"论的三层缺点:(一)只限于极少数的人;(二)没有消极的裁制;(三)所说"德、功、言"的范围太含糊了。如今所说"社会的不朽",其实只是把那"三不朽"论的范围更推广了。既然不论事业功德的大小,一切都可不朽,那第一、第三两层短处都没有了。冠绝古今的道德功业固可以不朽,那极平常的"庸言庸行",油盐柴米的琐屑,愚夫愚妇的细事，一言一笑的微细，也都永远不朽。那发现美洲的哥伦布固可以不朽，那些和他同行的水手火头、造船的工人、造罗盘器械的工人、供给他粮食衣服银钱的人、他所读的书的著作家、生他的父母、生他父母的父母祖宗，以及生育训练那些工人商人的父母祖宗，以及他以前和同时的社会……都永远不朽。社会是有机的组织，那英雄伟人可以不朽，那挑水的、烧饭的，甚至于浴堂里替你擦背的，甚至于每天替你家掏粪倒马桶的，也都永远不朽。至于那第二层缺点，也可免去。如今说立德不朽，行恶也不朽；立功不朽，犯罪也不朽；"流芳百世"不朽，"遗臭万年"也不朽；功德盖世固是不朽的善因，吐一口痰也有不朽的恶果。我的朋友李守常先生说得好："稍一失脚，必致遗留层层罪恶种子于未来无量的人——即未来无量的我——永不能消除，永不能忏悔。"这就是消极的裁制了。

儒家提出一个父母的观念和一个祖先的观念，来做人生一切行为的裁制力。所以说，"一出言而不敢忘父母，一举足而不敢忘父母"。父母死后，又用丧礼祭礼等等见神见鬼的方法，时刻提醒这种人生行为的裁制力。所以又说，"斋明盛服，以承祭祀，洋洋乎如在其上，如在其左右"。又说，"斋三日，则见其所为斋者；祭之日，入室，然必有见乎其位；周还出户，肃然必有闻乎其容声；出户而听，忾然必有闻乎其叹息之声"。这都是"神道设教"，见神见鬼的手段。这种宗教的手段在今日是不中用了。还有那种"默示"的宗教、神权的宗教、崇拜偶像的宗教，在我们心里也不能发生效力，不能裁制我们一生的行为。以我个人看来，这种"社会的不朽"观念很可以做我的宗教了。我的宗教的教旨：

我这个现在的"小我",对于那永远不朽的"大我"的无穷过去,须负重大的责任;对于那永远不朽的"大我"的无穷未来,也须负重大的责任。我须要时时想着,我应该如何努力利用现在的"小我",方才可以不辜负了那"大我"的无穷过去,方才可以不遗害那"大我"的无穷未来?

跋

这篇文章的主意是民国七年(1918)年底当我的母亲丧事里想到的。那时只写成一部分,到八年(1919)二月十九日方才写定付印。后来俞颂华先生在报纸上指出我论社会是有机体一段很有语病,我觉得他的批评很有理,故九年(1920)二月间我用英文发表这篇文章时,我就把那一段完全改过了。十年(1921)五月,又改定中文原稿,并记作文与修改的缘起于此。

(原载1919年2月《新青年》第6卷第6号)

少年中国之精神

前番太炎先生，话里面说现在青年的四种弱点，都是很可使我们反省的。他的意思是要我们少年人：一、不要把事情看得太容易了；二、不要妄想凭借已成的势力；三、不要虚慕文明；四、不要好高骛远。这四条都是消极的忠告。我现在且从积极一方面提出几个观念，和各位同志商酌。

一、少年中国的逻辑

逻辑即是思想、辩论、办事的方法。一般中国人现在最缺乏的就是一种正当的方法，因为方法缺乏，所以有下列的几种现象：（一）灵异鬼怪的迷信，如上海的盛德坛及各地的各种迷信；（二）谩骂无理的议论；（三）用诗云子曰做根据的议论；（四）把西洋古人当作无上真理的议论。还有一种平常人不很注意的怪状，我且称它为"目的热"，就是迷信一些空虚的大话，认为高尚的目的，全不问这种观念的意义究竟如何。意义不曾确定，也都有许多人随声附和，认为天经地义，这便是我所说的

"目的热"。以上所说各种现象都是缺乏方法的表示,我们既然自认为"少年中国",不可不有一种新方法。这种新方法,应该是科学的方法。科学方法,不是我在这短促时间里所能详细讨论的,我且略说科学方法的要点。

第一注重事实。科学方法是用事实做起点的,不要问孔子怎么说,柏拉图怎么说,康德怎么说,我们须要先从研究事实下手,凡游历调查统计等事都属于此项。

第二注重假设。单研究事实,算不得科学方法。王阳明对着庭前的竹子做了七天的"格物"功夫,格不出什么道理来,反病倒了,这是笨伯的"格物"方法。科学家最重"假设"（Hypothesis）,观察事物之后,自然有几个假定的意思。我们应该把每一个假设所含的意义彻底想出,看那意义是否可以解释所观察的事实,是否可以解决所遇的疑难。所以要博学,正是因为博学方才可以有许多假设,学问只是供给我们种种假设的来源。

第三注重证实。许多假设之中,我们挑出一个,认为最合用的假设,但是这个假设是否真正合用？必须实地证明。有时候,证实是很容易的；有时候,必须用"试验"方才可以证实。证实了的假设,方可说是"真"的,方才可用。一切古人今人的主张、东哲西哲的学说,若不曾经过这一层证实的功夫,只可作为待证的假设,不配认作真理。

少年的中国,中国的少年,不可不时时刻刻保存这种科学的方法,实验的态度。

二、少年中国的人生观

现在中国有几种人生观都是"少年中国"的仇敌。第一种是醉生梦死的无意识生活，固然不消说了。第二种是退缩的人生观，如静坐会的人，如坐禅学佛的人，都只是消极的缩头主义。这些人没有生活的胆子，不敢冒险，只求平安，所以变成一班退缩懦夫。第三种是野心的投机主义，这种人虽不退缩，但为完全自己的私利起见，所以他们不惜利用他人，做他们自己的器具，不惜牺牲别人的人格和自己的人格，来满足自己的野心，到了紧要关头，不惜作伪，不惜作恶，不顾社会的公共幸福，以求达他们自己的目的。这三种人生观都是我们该反对的。少年中国的人生观，依我个人看来，该有下列的几种要素。

第一须有批评的精神。一切习惯、风俗、制度的改良，都起于一点批评的眼光。个人的行为和社会的习俗，都最容易陷入机械的习惯，到了"机械的习惯"的时代，样样事都不知不觉地做去，全不理会何以要这样做，只晓得人家都这样做故我也这样做。这样的个人便成了无意识的两脚机器，这样的社会便成了无生气的守旧社会。我们如果发愿要造成少年的中国，第一步便须有一种批评的精神。批评的精神不是别的，就是随时随地都要问我为什么要这样做？为什么不那样做？

第二须有冒险进取的精神。我们须要认定这个世界是很多危险的，定不太平的，是需要冒险的。世界的缺点很多，是要我们来补救的；世界的痛苦很多，是要我们来减少的；世界的危险很多，是要我们来冒险进取的。俗话说得好："成人不自在，自在不成人。"我们要做一个人，岂可贪图自在；我们要想造一个"少年的中国"，岂可不冒险。这个世界是给我们活动的大舞台，我们既上了台，便应该老着面皮，拼着头皮，大着胆子，干将起来。那些缩进后台去静坐的人都是懦夫，那些袖着双手只会看戏的人，也都是懦夫。这个世界岂是给我们静坐旁观的吗？那些厌恶这个世界，梦想超生别的世界的人，更是懦夫，不用说了。

第三须要有社会协进的观念。上条所说的冒险进取，并不是野心的、自私自利的。我们既认定这个世界是给我们活动的，又须认定人类的生活全是社会的生活，社会是有机的组织，全体影响个人，个人影响全体，社会的活动是互助的，你靠他帮忙，他靠你帮忙，我又靠你同他帮忙，你同他又靠我帮忙。你少说了一句话，我或者不是我现在的样子；我多尽了一分力，你或者也不是你现在这个样子；我和你多尽了一分力，或少做了一点事，社会的全体也许不是现在这个样子。这便是社会协进的观念。有这个观念，我们自然把人人都看作同力合作的伴侣，自然会尊重人人的人格了；有这个观念，我们自然觉得我们的一举一动都和社会有关，自然不肯为社会造恶因，自然要努力为社会种善果，自然不致变成自私自利的野心投机家了。

少年的中国，中国的少年，不可不时时刻刻保存这种批评的、冒险进取的、社会的人生观。

三、少年中国的精神

少年中国的精神并不是别的，就是上文所说的逻辑和人生观。我且说一件故事做我这番谈话的结论。诸君读过英国史的，一定知道英国前世纪有一种宗教革新的运动，历史上称为"牛津运动"（The Oxford Movement），这种运动的几个领袖如客白尔（Keble）、纽曼（Newman）、福鲁德（Froude）诸人，痛恨英国国教的腐败，想大大地改革一番。这个运动未起事之先，这几位领袖做了一些宗教性的诗歌写在一个册子上，纽曼摘了一句荷马的诗题在册子上，那句诗是："You shall see the difference now that we are back again!"翻译出来即是："如今我们回来了，你们看便不同了！"

少年的中国，中国的少年，我们也该时时刻刻记着这句话：如今我们回来了，你们看便不同了！

这便是少年中国的精神。

（本文为1919年7月胡适在少年中国学会上的演讲，原载1919年《少年中国》第1期）

一个问题

我到北京不到两个月。这一天我在中央公园里吃冰,几位同来的朋友先散了;我独自坐着,翻开几张报纸看看,只见满纸都是讨伐西南和召集新国会的话。我懒得看那些疯话,丢开报纸,抬起头来,看见前面来了一男一女,男的抱着一个小孩子,女的手里牵着一个三四岁的孩子。我觉得那男的好生面善,仔细打量他,见他穿一件很旧的官纱长衫,面上很有老态,脊背微有点弯,因为抱着孩子,更显出曲背的样子。他看见我,也仔细打量。我不敢招呼,他们就过去了。走过去几步,他把小孩子交给那女的,他重又回来,问我道:"你不是小山吗?"我说:"正是。你不是朱子平吗?我几乎不敢认你了!"他说:"我是子平,我们八九年不见,你还是壮年,我竟成了老人了,怪不得你不敢招呼我。"

我招呼他坐下,他不肯坐,说他一家人都在后面坐久了,要回去预备晚饭了。我说:"你现在是儿女满堂的福人了,怪不得要自称老人了。"他叹口气,说:"你看我狼狈到这个样子,还要取笑我?我上个月见着伯安、仲实弟兄们,才知道你今年回国。

你是学哲学的人,我有个问题要来请教你,我问过多少人,他们都说我有神经病,不大理会我。你把住址告诉我,我明天来看你。今天来不及谈了。"

我把住址告诉了他,他匆匆地赶上他的妻子,接过小孩子,一同出去了。

我望着他们出去,心里想道:"朱子平当初在我们同学里面,要算一个很有豪气的人,怎么现在弄得这样潦倒?看他见了一个多年不见的老同学,一开口就有什么问题请教,怪不得人说他有神经病,但不知他因为潦倒了才有神经病呢,还是因为有了神经病所以潦倒呢……"

第二天一大早,他果然来了。他比我只大得一岁,今年三十岁,但是他头上已有许多白发了。外面人看来,他至少要比我大十几岁。

他还没有坐定,就说:"小山,我要请教你一个问题。"

我问他什么问题,他说:"我这几年以来,差不多没有一天不问自己:人生在世,究竟是为什么的?我想了几年,越想越想不通。朋友之中也没有人能回答这个问题。起先他们给我一个'哲学家'的绰号,后来他们竟叫我作'朱疯子'了!小山,你是见多识广的人,请你告诉我,人生在世,究竟是为什么的?"

我说:"子平,这个问题是没有答案的。现在的人最怕的是有人问他这个问题。得意的人听着这个问题就要扫兴,不得意的人想着这个问题就要发狂。他们是聪明人,不愿意扫兴,更不愿意发狂,所以给你一个'疯子'的绰号,就算完了。我要问你,你为什么想到这个问题上去呢?"

他说:"这话说来很长,只怕你不爱听。"

我说我最爱听。他叹了一口气,点着一根纸烟,慢慢地说。以下都是他的话。

我们离开高等学堂那一年,你到英国去了,我回到家乡,生了一场大病,足足的病了十八个月。病好了,便是辛亥革命,把我家在汉口的店业就光复掉了。家里生计渐渐困难,我不能不出来谋事。那时伯安、石生一班老同学都在北京,我写信给他们,托他们寻点事做。后来他们写信给我,说从前高等学堂的老师陈老先生答应要我去教他的孙子。我到了北京,就住在陈家。陈老先生在大学堂教书,又担任女子师范的国文老师,一个月拿的钱很多,但是他的两个儿子都不成器,老头子气得很,发愤要教育他几个孙子成人,但是他一个人教两处书,哪有工夫教小孩子?你知道,我同伯安都是他的得意学生,所以他叫我去,给我二十块钱一个月,住的房子、吃的饭,都是他的,总算他老先生的一番好意。

过了半年,他对我说,要替我做媒,说的是他一位同年人的女儿,现在女子师范读书,快要毕业了。那女子我也见过一两次,人倒很朴素稳重,但是我一个月拿人家二十块钱,如何养得起家小?我把这个意思回复他,谢他的好意。老先生有点不高兴,当时也没说什么。过了几天,他请了伯安、仲实弟兄到他家,要他们劝我就这门亲事。他说:"子平的家事,我是晓得的。他家三代单传,嗣续的事不能再缓了,二十多岁的少年,哪里怕没有事做?还怕养不活老婆吗?我替他做媒的这头亲事是再好也没有的。女的今年就毕业,毕业后还可在本京蒙养院教书,我已经替他介绍好了。蒙养院的钱虽不多,也可以贴补一点家用。他再要怕不够时，我把女学堂的三十块钱让他去教。我老了，大学堂一处也够我忙了。你们看我这个媒人总可算是竭力报效了。"

伯安弟兄把这番话对我说，你想我如何能再推辞。我只好写信告诉家母。家母回信，也说了许多"三代单传，不孝有三，无后为大"的话，又说："陈老师这番好意，你稍有人心，应该感激图报，岂可不识抬举？"

我看了信，晓得家母这几年因为我不肯娶亲，心里很不高兴，这一次不过是借题发点牢骚。我仔细一想，觉得做了中国人，老婆是不能不讨的，只好将就点罢。

我去找到伯安、仲实，说我答应定这头亲事，但是我现在没有积蓄，需过一两年再结婚。

他们去见老先生，老先生说："女孩子今年二十三岁了，他父亲很想早点嫁了女儿，好替他小儿子娶媳妇。你们去对子平说，叫他等女的毕业了就结婚。仪节简单一点，不费什么钱。他要用木器家具，我这里有用不着的，他可以搬去用。我们再替他邀一个公份，也就可以够用了。"

他们来对我说，我没有话可驳回，只好答应了。过了三个月，我租了一所小屋，预备成亲。老先生果然送了一些破烂家具，我自己添置了一点。伯安、石生一些人发起一个公份，送了我六十多块钱的贺仪，只够我替女家做了两套衣服，就完了。结婚的时候，我还借了好几十块钱，才勉强把婚事办了。

结婚的生活，你还不曾经过。我老实对你说，新婚的第一年，的确是很有乐趣的生活。我的内人，人极温和，她晓得我的艰苦，我们从不肯乱花一个钱。我们只用一个老妈，白天我上陈家教书，下午到女师范教书，她到蒙养院教书。晚上回家，我们自己做两样家乡小菜，吃了晚饭，闲谈一会儿，我改我的卷子，她陪我坐着做点针线。我有时做点文字卖给报馆，有时写到夜深才睡。她怕我身体过劳，每晚到了十二点钟，她把我的墨盒纸笔都收了去，吹灭了灯，不许我再写了。

小山，这种生活，确有一种乐趣，但是不到七八个月，我的内人就病了，呕吐得很厉害。我们猜是喜信，请医生来看，医生说八成是有喜。我连忙写信回家，好叫家母欢喜。老人家果然欢喜得很，托人写信来说了许多孕妇保重身体的法子，还做了许多小孩的衣服小帽寄来。

产期将近了。她不能上课，请了一位同学代她。我添雇了一个老妈子，还要准备许多临产的需要品，好容易生下一个男孩子来。产后内人身体不好，乳水不够，不得不雇奶妈。一家凭空减少了每月十几块钱的进账，倒添上了几口人吃饭拿工钱，家庭的负担就很不容易了。

过了几个月，内人身体复原了，依旧去上课，但是记挂着小孩子，觉得很不方便。看在十几块钱的面上，只得忍着心肠做去。

不料陈老先生忽然得了中风的病，一起病就不能说话，不久就死了。他那两个宝贝儿子，把老头子的一点存款都瓜分了，还要赶回家去分田产，把我的三个小学生都带回去了。

我少了二十块钱的进款，正想寻事做，忽然女学堂的校长又换了人，第二年开学时，他不曾送聘书来，我托熟人去说，他说我的议论太偏僻了，不便在女学堂教书。我生了气，也不屑再去求他了。

伯安那时做众议院的议员，在国会里颇出点风头，我托他设法。他托陈老先生的朋友把我荐到大学堂去当一个事务员，一个月拿三十块钱。

我们只好自己刻苦一点，把奶妈和那添雇的老妈子辞了。每月只吃三四次肉，有人请我吃酒，我都辞了不去，因为吃了人的，不能不回请。戏园里是四年多不曾去过了。

但是无论我们怎样节省，总是不够用。过了一年又添了一个孩子。这回我的内人自己给他奶吃，不雇奶妈了，但是自己的乳水不够，我们用开成公司的豆腐浆代替，小孩子不肯吃，不到一岁就殇掉了。内人哭得什么似的。我想起孩子之死全系因为雇不起奶妈，内人又过于省俭，不肯吃点滋养的东西，所以乳水更不够。我看见内人伤心，我心里实在难过。

后来时局一年坏似一年，我的光景也一年更紧似一年。内人因为身体不好，钑课太多，豢养院的当局颇说闲话，内人也有点拗性，索性辞职出来。想找别的事做，一时竟寻不着。北京这个地方，你想寻一个三百五百的阔差事，反不费力。要是你想寻二三十块钱一个月的小事，那就比登天还难。到了中、交两行停止兑现的时候，我那每月三十块钱的票子更不够用了。票子的价值越缩下去，我的大孩子吃饭的本事越大起来。去年冬天，又生了一个女孩子，就是昨天你看见我抱着的。我托了伯安去见大学校长，请他加我的薪水，校长晓得我做事认真，加了我十块钱票子，共是四十块，打个七折，四七二十八，你替我算算，房租每月六块，伙食十五块，老妈工钱两块，已是二十三块钱了。剩下五块大钱，每天只派着一角六分大洋做零用钱。做衣服的钱都没有，不要说看报买书了。大学图书馆里虽然有书有报，但是我一天忙到晚，公事一完，又要赶回家来帮内人照应小孩子，哪里有工夫看报阅报？晚上我腾出一点工夫做点小说，想赚几个钱。我的内人向来不许我写过十二点钟的，于今也不来管我了。她晓得我们现在所处的境地，非寻两个外快钱不能过日子，所以只好由我写到两三点钟才睡，但是现在卖文的人多了，我又没有工夫看书，全靠绞脑子，挖心血，没有接济思想的来源，做的东西又都是百忙里偷闲潦草做的，哪里会有好东西？所以往往卖不起价钱，有时原稿退回，我又修改一点，寄给别家。前天好容易卖了一篇小说，拿着五块钱，所以昨天全家去逛中央公园，去年我们竟不曾去过。

我每天五点钟起来——冬天六点半起来——午饭后靠着桌子偷睡半个钟头，一直忙到夜深半夜后。忙的是什么呢？我要吃饭，老婆要吃饭，还要喂小孩子吃饭——所忙的不过为了这一件事！

我每天上大学去，从大学回来，都是步行。这就是我的休操，不但可以省钱，还可给我一点思想的时间，使我可以想小说的布局，可以想到人生的问题。有一天，我的内人的姊夫从南边来，我想请他上一回馆子，家里恰没有钱，我去向同事借，那几个同事也都是和我不相上下的穷鬼，哪有钱借人？我空着手走回家，路上自思自想，忽然想到一个大问题，就是"人生在世，究竟是为什么的？"……我一头想，一头走，想入了迷，就站在北河沿一棵柳树下，望着水里的树影子，足足站了两个钟头。等到我醒过来走回家时，天已黑了，客人已走了半天了！

自从那一天到现在，几乎没有一天我不想到这个问题。有时候,我在睡梦里喊着"人生在世,究竟是为什么的?"

小山,你是学哲学的人。像我这样养老婆,喂小孩子,就算做了一世的人吗?……

(原载1919年7月20日《每周评论》第33号)

新生活

——为《新生活》杂志第一期做的

哪样的生活可以叫作新生活呢?

我想来想去,只有一句话。新生活就是有意思的生活

你听了,必定要问我,有意思的生活又是什么样子的生活呢?

我且先说一两件实在的事情做个样子,你就明白我的意思了。

前天你没有事做,闲得不耐烦了,你跑到街上一个小酒店里,打了四两白干,喝完了,又要四两,再添上四两。喝得大醉了,同张大哥吵了一回嘴,几乎打起架来。后来李四哥来把你拉开,你气忿忿地又要了四两白干,喝得人事不知,幸亏李四哥把你扶回去睡了。昨儿早上,你酒醒了,大嫂子把前天的事告诉你,你懊悔得很,自己埋怨自己:"昨儿为什么要喝那么多酒呢?可不是糊涂吗?"

你赶上张大哥家去,作了许多揖,赔了许多不是,自己怪自己糊涂,请张大哥大量包涵。正说时,李四哥也来了,王三哥也来了。他们三缺一,要你陪他们打牌。你坐下来,打了十二圈,

输了一百多吊钱。你回得家来,大嫂子怪你不该赌博,你又懊悔得很,自己怪自己道:"是呵,我为什么要陪他们打牌呢?可不是糊涂吗?"

诸位,像这样子的生活,叫作糊涂生活,糊涂生活便是没有意思的生活。你做完了这种生活,回头一想,"我为什么要这样干呢?"你自己也答不出究竟为什么。

诸位,凡是自己说不出"为什么这样做"的事,都是没有意思的生活。反过来说,凡是自己说得出"为什么这样做"的事,都可以说是有意思的生活。

生活的"为什么",就是生活的意思。

人同畜生的分别,就在这个"为什么"上。你到万牲园里去看那白熊一天到晚摆来摆去不肯歇,那就是没有意思的生活。我们做了人,应该不要学那些畜生的生活。畜生的生活只是胡混,只是不晓得自己为什么如此做。一个人做的事应该件件事答得出一个"为什么"。

我为什么要干这个?为什么不干那个?回答得出,方才可算是一个人的生活。

我们希望中国人都能过这种有意思的新生活。其实这种新生活并不十分难,只消时时刻刻问自己为什么这样做,为什么不那样做,就可以渐渐地做到我们所说的新生活了。

诸位,千万不要说"为什么"这三个字是很容易的小事。你打今天起,每做一件事,便问一个"为什么"——为什么不把辫子剪了?为什么不把大姑娘的小脚放了?为什么大嫂子脸上搽那么多的脂粉?为什么出棺材要用那么多叫化子?为什么娶媳妇也要用那么多叫化子?为什么骂人要骂他的爹妈?为什么这个?为什么那个？——你试办一两天，你就会觉得这三个字的趣味真是无穷无尽，这三个字的功用也无穷无尽。

诸位，我们恭恭敬敬地请你们来试试这种新生活。

（原载1919年8月24日《新青年》第1期）

1920年3月14日,在北京西山卧佛寺,左起:蒋梦麟、蔡元培、胡适、李大钊

1936年，胡适送给杜威的家庭照，左一为胡祖望，右一为胡思杜

十七年的回顾

我于前清光绪三十年（1904）的二月间从徽州到上海求那当时所谓"新学"。我进梅溪学堂后不到两个月，《时报》便出版了。那时正当日俄战争初起的时候，全国的人心大震动，但是当时的几家老报纸仍旧做那长篇的古文论说，仍旧保守那遗传下来的老格式与老办法，故不能供给当时的需要。就是那比较稍新的《中外日报》，也不能满足许多人的期望。《时报》应此时势而产生。它的内容与办法也确然能够打破上海报界的许多老习惯，能够开辟许多新法门，能够引起许多新兴趣。因此《时报》出世之后不久就成了中国知识分子的一个宠儿。几年之后，《时报》与学校几乎成了不可分离的伴侣了。

我那年只有十四岁，求知的欲望正盛，又颇有一点文学的兴趣，因此我当时对于《时报》的感情比对于别报都更好些。我在上海住了六年，几乎没有一天不看《时报》的。我记得有一次，《时报》征求报上登的一部小说的全份，似乎是《火里罪人》，我也是送去应征的许多人中的一个。我当时把《时报》上的许多小说、诗话、笔记、长篇的专著都剪下来分粘成小册子，若有一天的报遗失了，我心里便不快乐，总想设法把它补起来。

我现在回想当时我们那些少年人何以这样爱恋《时报》呢？我想有两个大原因。

第一，《时报》的短评在当日是一种创体，做的人也聚精会神地大胆说话，故能引起许多人的注意，故能在读者脑筋里发生有力的影响。我记得《时报》产生的第一年里有几件大案子：一件是周生有案，一件是大闹会审公堂案。《时报》对于这几件事都有很明决的主张，每日不但有"冷"的短评，有时还有几个人的签名短评，同时登出。这种短评在现在已成了日报的常套了，在当时却是一种文体的革新。用简短的词句，用冷隽明利的口吻，几乎逐句分段，使读者一目了然，不消费工夫去点句分段，不消费工夫去寻思考索。当日看报人的程度还在幼稚时代，这种明快冷刻的短评正合当时的需要。我还记得当周生有案快结束的时候，我受了《时报》短评的影响，痛恨上海道台袁树勋的丧失国权，曾和两个同学写了一封长信去痛骂他。这也可见《时报》当日对于一般少年人的影响之大。这确是《时报》的一大贡献。我们试看这种短评，在这十七年来，逐渐变成了中国报界的公用文体，这就可见它的用处与它的魔力了。

第二，《时报》在当日确能引起一般少年人的文学兴趣。中国报纸登载小说大概最早的要算徐家汇的《汇报》。那时我还没有出世呢。但《汇报》登的小说一大部分后来汇刻为《兰苕馆外史》，都是《聊斋》式的怪志小说，没有什么影响。戊戌以后，杂志里时时有译著的小说出现。专提倡小说的杂志也有了几种，例如《新小说》及《绣像小说》（商务印书馆）。日报之中只有《繁华报》（一种"花报"），逐日登载李伯元的小说。那些"大报"好像还不屑做这种事业（这一点我不敢断定，我那时年纪太小了，看的报又不多，不知《时报》以前的"大报"有没有登小说的）。那时的几个"大报"大概都是很干燥枯寂的，它们至多不过能作一两篇合于古文义法的长篇论说罢了。《时报》出世以后每日登载"冷"或"笑"译著的小说，有时每日有两种冷血先生的白话小说，在当时译界中确要算很好的译笔。他有时自己也作一两篇短篇小说，如福尔摩斯来华侦探案等，也是中国人作新体短篇小说最早的一段历史。《时报》登的许多小说之中，《双泪碑》最风行，但依我看来，还应该推那些白话译本为最好。这些译本如《销金窟》之类，用很畅达的文笔，作很自由的翻译，在当时最为适用。倘《基督山伯爵》（*The Count of Monte Cristo*）全书都能像《销金窟》这样地译出，这部名著在中国一定也会成一部家喻户晓的小说了。《时报》当日还有"平等阁诗话"一栏，对于现代诗人的介绍，选择很精。诗话虽不如小说之风行，也很能引起许多人的文学兴趣。我关于现代中国诗的知识差不多都是先由这诗话引起的。

我们可以说《时报》的第二个大贡献是为中国日报界开辟一种带文学兴趣的"附张"。自从《时报》出世以来，这种文学附张的需要也渐渐地成为日报界公认的了。

这两件都是比较大的贡献。此外如专电及要闻，分别轻重，参用大小字；如专电的加多等等，在当日都是日报界的革新事业，在今日也都成为习惯，不觉得新鲜了。我们若回头去研究这许多习惯的由来，自不能不承认《时报》在中国日报史上的大功劳。简单说来，《时报》的贡献是在十七年前发起了几件重要的新改革。这几件新改革因为适合时代的需要，故后来的报纸也不能不尽量采用,就渐渐地变成中国日报不可少的制度了。

我是同《时报》做了六年好朋友的人,庚戌出国以后,虽然不能有从前的亲密,但也时常相见。现在看见《时报》长大成了一个十七岁的少年,我自然很欢喜。我回想我从前十四岁到十九岁的六年之中——一个人最重要、最容易感化的时期——受了《时报》的许多好影响,故很高兴地把我少年时对于《时报》的关系写出来,指出它对于当时读者和对于中国报界的贡献,作为《时报》的一段小史,并且表示我感谢它祝贺它的微意。

但是我们当此庆贺的纪念,与其追念过去的成功,远不如悬想将来的进步。过去的成绩只应该鼓励现在的人努力造一个更大更好的将来,这是"时"字的教训。倘若过去的光荣只使后来的人增加自满的心,不再求进步,那就像一个辛苦积钱的人成了家私之后天天捧着元宝玩弄,岂不成了一个守钱奴了吗?

我们都知道时代是常常变迁的,往往前一时代的需要,到了后一时代便不适用了。《时报》当日应时势的需要,为日报界开了许多法门,但当日所谓"新"的,现在已成旧习惯了,当日所谓"时"的,现在早已过时了。《时报》在当日是报界的先锋,但十七年来旧报都改新了,新报也出了不少了,当日的先锋在今日竟同着大队按步徐行了。大队今日之赶上先锋,自然未必不是先锋的功劳,但做先锋的人还应该努力向前争这个"先锋"的位置。我今年在上海时曾和《时报》的一位先生谈话,他说:"日报不当做先锋,因为日报是要给大多数人看的。"这位先生也是当日做先锋的人,这句话未免使我大失望。我以为日报因为是给大多数人看的,故最应该做先锋,故最适宜于做先锋。何以最适宜呢?因为日报能普及许多人,又可用"旦旦而伐之"的死工夫,故日报的势力最难抵抗,最易发生效果。何以最应该呢?因为日报既是这样有力的一种社会工具，若不肯做先锋，若自甘随着大队同行，岂不是放弃了一种大责任？岂不是错过了一个好机会？岂不是辜负了一种大委托吗？

即如《时报》早年的历史，便是一个明显的例。《时报》在当日为什么不跟着大家做长篇的古文论说呢？为什么要改作短评呢？为什么要加添文学的附录呢？《时报》倡出这种种制度之后，十几年之中，全国的日报都跟着变了，全国的看报人也不知不觉地变了。那几十万的读者，十几年来，从没有一个人出来反对某报某报体例的变更的。这就可见那大多数看报的人虽然不免有点天然的惰性，究竟抵不住"旦旦而伐之"的提倡力。假使《申报》今天忽然大变政策，大谈社会主义，难道那看《申报》的人明天就会不看《申报》了吗？又假使《新闻报》明天忽然大变政策，一律改用白话，难道那看《新闻报》的人后天就会不看《新闻报》了吗？我可以说："绝不会的。"看报人的守旧性乃是主笔先生的疑心暗鬼。主笔先生自己丧失了"先锋"的锐气，故觉得社会上多数人都不愿他努力向前。譬如戴绿眼镜的人看着一切东西都变绿了，如果他要知道荷花是红的、金子是黄的，他须得把这副绿眼镜除下来试试看。今天是《时报》新屋落成的纪念，也是它除旧布新的一个转机。我这个同《时报》一块长大的小时朋友，对他的祝词，只是："《时报》是做过先锋的，是一个立过大功的先锋，我希望它不必抛弃了先锋的地位，我希望它发愤向前，努力替社会开先路，正如它在十七年前替中国报界开了许多先路那样！"

（原载1921年10月10日《时报》）

1921年，蓄须的胡适

胡适父亲胡传　　　　　　胡适母亲冯顺弟

哲学与人生

前次承贵会邀我演讲关于佛学的问题，我因为对于佛学没有充分的研究，拿浅薄的学识来演讲这一类的问题，未免不配，所以现在讲"哲学与人生"，希望对于佛学也许可以贡献点参考。不过我所讲的有许多地方和佛家意见不合，佛学会的诸君态度很公开，大约能够容纳我的意见的！讲的"哲学与人生"，我们必先研究它的定义：什么叫哲学？什么叫人生？然后才知道它们的关系。

我们先说人生。这六月来，国内思想界，不是有玄学与科学的笔战吗？国内思想界的老将吴稚晖先生，就在《太平洋杂志》上发表一篇《一个新信仰的宇宙观及人生观》，其中下了一个人生定义。他说："人是哺乳动物中的有二手二足用脑的动物。"人生即是这种动物所演的戏剧，这种动物在演时，就有人生，停演时就没人生。所谓人生观，就是演时对于所演之态度，譬如：有的喜唱花脸，有的喜唱老生，有的喜唱小生，有的喜摇旗呐喊。凡此种种两脚两手在演戏的态度，就是人生观。不过单是登台演剧，红进绿出，有何意义？想到这层，就发生哲学问题。哲学的定义,我们常在各种哲学书籍上见到,不过我们尚有再找一个定义的必要。我在《中国哲学史大纲》上所下的哲学的定义说:"哲学是研究人生切要的问题,从根本上着想,去找根本的解决。"但是根本两字意义欠明,现在略加修改,重新下了一个定义,说:"哲学是研究人生切要的问题,从意义上着想,去找一个比较可普遍适用的意义。"现在举两个例来说明它,要晓得哲学的起点是人生切要的问题,哲学的结果是对于人生的适用。人生离了哲学,是无意义的人生;哲学离了人生,是想入非非的哲学。现在哲学家多凭空臆说,离人生问题太远,真是上穷碧落,愈闹愈糟!

现在且说第一个例:二千五百年前在喜马拉雅山南部有一个小国——迦叶——里,街上倒卧着一个病势垂危的老丐,当时有一个王太子经过,在别人看到,或是将这老丐赶开,或是毫不经意地走过去了,但那王太子是赋有哲学天才的人,他就想人为什么逃不出老、病、死这三个大关头,因此他就弃了他的太子爵位、妻孥、便嬖、皇宫、财货,遁迹入山,去静想人生的意义,后来忽然在树下想到一个解决,就是将人生一切问题拿主观去看,假定一切多是空的,那么,老、病、死就不成问题了。这种哲学的合理与否,姑不具论,但是那太子的确是研究人生切要的问题,从意义上着想,去找他以为比较普遍适用的意义。

我们再举一个例:譬如我们睡到夜半醒来,听见贼来偷东西,那我就将他捉住,送县法办。假如我们没有哲性,就这么了事,再想不到"人为什么要做贼"等等的问题,或者那贼竟苦苦哀求起来,说他所以做贼的缘故,因为母老、妻病、子女待哺,无处谋生,迫于不得已而为之,假如没哲性的人,对于这种吁求，也不见有甚良心上的反动。富有哲性的人就要问了，为什么不得已而为之？天下不得已而为之的事有多少，为什么社会没得给他做工？为什么子女这样多？为什么老、病、死？这种偷窃的行为，是由于社会的驱策，还是由于个人的堕落？为什么不给穷人偷？为什么他没有我有？他没有我有是否应该？拿这种问题，逐一推思下去，就成为哲学。由此看来，哲学是由小事放大，从意义着想而得来的，并非空说高谈能够了解的。推论到宗教哲学、政治哲学、社会哲学等，也无非多从活的人生问题推衍阐明出来的。

我们既晓得什么叫人生，什么叫哲学，而且略会看到两者的关系，现在再去看意义在人生上占的什么地位。现在一般的人饱食终日，无所用心，思想差不多是社会的奢侈品。他们看人生种种事实，和乡下人到城里看见五光十色的电灯一样，只看到事实的表面，而不了解事实的意义。因为不能了解意义，所以连事实也不能了解了。这样说来，人生对于意义，极有需要，不知道意义，人生是不能了解的。宋朝朱子这班人，终日对物格物，终于找不到着落，就是不从意义上着想的缘故。又如平常人看见病人种种病象，他单看见那些事实而不知道那些事实的意义，所以莫名其妙。至于这些病象一到医生眼里，就能对症下药，因为医生不单看病象，还要晓得病象的意义和缘故。因此，了解人生不单靠事实，还要知道意义！

那么，意义又从何来呢？有人说，意义有两种来源：一种是从积累得来，是愚人取得意义的方法；一种是由直觉得来，是大智取得意义的方法。积累的方法，是走笨路，用直觉的方法是走捷径。据我看来，欲求意义唯一的方法，只有走笨路，就是日积月累地去做刻苦的功夫，直觉不过是熟能生巧的结果，所以直觉是积累最后的境界，而不是豁然贯通的。大发明家爱迪生有一次演说，他说，天才百分之九十九是汗，百分之一是神。可见得天才是下了番苦功才能得来，不出汗绝不会出神的。所以有人应付环境觉得难，有人觉得易，就是日积月累的意义多寡而已。哲学家并不是什么，只是对于人生所得的意义多点罢了。

欲得人生的意义，自然要研究哲学史，去参考已往的死的哲理。不过还有更重要的，是注意现在的活的人生问题，这就是做人应有的态度。现在我举两个可模范的大哲学家来做我的结论，这两个哲学家一个是古代的苏格拉底，一个是现代的笛卡尔。

苏格拉底是希腊的穷人，他觉得人生醉生梦死，毫无意义，因此到公共市场，见人就盘问，想借此得到人生问题的解决。有一次，他碰到一个人去打官司，他就问这个人，为什么要打官司？那人答道，为公埋。他复问道，什么叫公理？那人便瞠目结舌不能作答。苏氏笑道：我知道我不知，却不知道你不知呵！后来又有一个人告他的父亲不信国教，他又去盘问，那人又被问住了。因此希腊人多恨他，告他两大罪，说他不信国教，带坏少年。政府就判他的死刑。他走出来的时候，对告他的人说："未经考察过的生活，是不值得活的。你们走你们的路，我走我的路罢！"后来他就从容就刑，为找寻人生的意义而牺牲他的生命！

笛卡尔旅行的结果，觉到在此国以为神圣的事，在他国却视为下贱；在此国以为大逆不道的事，在别国却奉为天经地义。因此他觉悟到贵贱善恶是因时因地而不同的。他以为从前积下来的许多观念知识是不可靠的，因为它们多是趁他思想幼稚的时候侵入来的。如若欲过理性生活，必得将从前积得的知识，一件一件用怀疑的态度去评估它们的价值，重新建设一个理性的是非。这怀疑的态度，就是他对于人生与哲学的贡献。

  现在诸君研究佛学，也应当用怀疑的态度去找出它的意义，是否真正比较地普遍适用？诸君不要怕，真有价值的东西，绝不为怀疑所毁，而能被怀疑所毁的东西，绝不会真有价值。我希望诸君实行笛卡尔的怀疑态度，牢记苏格拉底所说的"未经考察过的生活，是不值得活的"这句话。那么，诸君对于明阐哲学，了解人生，不觉其难了。

（本文为1923年11月在上海商科大学佛学研究会的演讲，原载1923年12月10日《东方杂志》第2卷第23期）

差不多先生传

你知道中国最有名的人是谁？

提起此人，人人皆晓，处处闻名。他姓差，名不多，是各省各县各村人氏。你一定见过他，一定听过别人谈起他。差不多先生的名字天天挂在大家的口头，因为他是中国全国人的代表。

差不多先生的相貌和你和我都差不多。他有一双眼睛，但看得不很清楚；有两只耳朵，但听得不很分明；有鼻子和嘴，但他对于气味和口味都不很讲究。他的脑子也不小，他的记性却不很精明，他的思想也不很细密。

他常常说："凡事只要差不多就好了，何必太精明呢？"

他小的时候，他妈叫他去买红糖，他买了白糖回来。他妈骂他，他摇摇头说："红糖白糖不是差不多吗？"

他在学堂的时候，先生问他："直隶省的西边是哪一省？"他说是陕西。先生说："错了。是山西，不是陕西。"他说："陕西同山西，不是差不多吗？"

后来他在一个钱铺里做伙计。他也会写，也会算，只是总不会精细。"十"字常常写成"千"字，"千"字常常写成"十"

字。掌柜的生气了，常常骂他。他只是笑嘻嘻地赔小心道："'千'字比'十'字只多一小撇，不是差不多吗？"

有一天，他为了一件要紧的事，要搭火车到上海去。他从从容容地走到火车站，迟了两分钟，火车已开走了。他白瞪着眼，望着远远的火车上的煤烟，摇摇头道："只好明天再走了，今天走同明天走，也还差不多。可是火车公司未免太认真了。八点三十分开，同八点三十二分开，不是差不多吗？"他一面说，一面慢慢地走回家，心里总不明白为什么火车不肯等他两分钟。

有一天，他忽然得了急病，赶快叫家人去请东街的汪医生，那家人急急忙忙地跑去，一时寻不着东街的汪大夫，却把西街牛医王大夫请来了。差不多先生病在床上，知道寻错了人，但病急了，身上痛苦，心里焦急，等不得了，心里想道："好在王大夫同汪大夫也差不多，让他试试看罢。"于是这位牛医王大夫走近床前，用医牛的法子给差不多先生治病。不上一点钟，差不多先生就一命呜呼了。

差不多先生差不多要死的时候，一口气断断续续地说道："活人同死人也差……差……差不多，凡事只要……差……差……不多……就……好了，何……何……必……太……太认真呢？"他说完了这句格言，方才绝气了。

他死后，大家都很称赞差不多先生样样事情看得破，想得通；大家都说他一生不肯认真，不肯算账，不肯计较，真是一位有德行的人。于是大家给他取个死后的法号，叫他作"圆通大师"。

他的名誉越传越远，越久越大。无数无数的人都学他的榜样,于是人人都成了一个差不多先生,然而中国从此就成为一个懒人国了。

(原载1924年6月28日《申报·平民周刊》第1期)

科学的人生观

今天讲的题目，就是"科学的人生观"，研究人是什么东西、在宇宙中占据什么地位、人生究竟有何意味。因为少年人近来觉得很烦闷，自杀、颓废的都有，我至少多吃了几斤盐、几担米，所以来计划计划，研究人自身的问题。至于人生观，各人不同，都随环境而改变，不可以一个人的人生观去统理一切；因为公有公理，婆有婆理，我们至少要以科学的立场，去研究它，解决它。"科学的人生观"有两个意思：第一，拿科学做人生观的基础；第二，拿科学的态度、精神、方法，做我们生活的态度、生活的方法。

现在先讲第一点，就是"人生是什么？人生是啥物事？"拿科学的研究结果来讲，我在民国十二年（1923）发表了十条，这十条就是武昌有一个主教称为新的"十诫"，说我是中华基督教的危险物的。十条内容如下。

一、要知道空间的大

拿天文、物理考察，得着宇宙之大。从前孙行者翻筋斗，一翻翻到南天门，一翻翻到下界，天的观念，何等的小？现在从地球到银河中间最近的一个星，中间距离，照孙行者一秒钟翻十万八千里的速度计算，恐怕翻一万万年也翻不到，宇宙是何等的大？地球是宇宙间的沧海之一粟，九牛之一毛。我们人类，更是小，真是不成东西的东西！以前人的地位看得太重了，以为是万物之灵，同大地并行，凡是政治不良，就有彗星、地震的征象，这是错的。从前王充很能见得到，说："一个虱子不能改变那裤子里的空气，和那人类不能改变皇天一样。"所以我们眼光要大。

二、时间是无穷的长

从地质学、生物学的研究，晓得时间是无穷的长。以前开口五千年，闭口五千年，目空一切；不料世界太阳系的存在，有几万万年的历史，地球也有几万万年，生物至少有几千万年，人类也有二三百万年，所以五千年占很小的位置。明白了时间之长，就可以看见各种进步的演变，不是上帝一刻可以造成的。

三、宇宙间自然的行动

根据一切科学，知道宇宙、万物都有一定不变的自然行动。"自然自己，也是如此"，就是自己自然如此，各物自己如此的行动，并没有一种背后的指示，或是一个主宰去规范他们。明白了这点，对于月蚀是月亮被天狗所吞的种种迷信，可以打破了。

四、物竞天择的原理

从生物学的知识，可以看到物竞天择的原理。鲫鱼下卵有几百万个，但是变鱼的只有几个，否则就要变成"鱼世界"了！大的吃小的，小的又吃更小的，人类都是如此。从此晓得人生不受安排，是自己如此的行动，否则要安排起来，为什么不安排一个完善的世界呢？

五、人是什么东西

从社会学、生理学、心理学方面去看，人是什么东西？吴稚晖先生说："人是两手一个大脑的动物，与其他的不同，只在程度上的区别罢了。"人类的手，与鸡、鸭的掌差不多，实是他们的弟兄辈。

六、人类是演进的

根据人种学，人类是演进的。因为要应付环境，所以要慢慢地变。不变不能生存，要灭亡了。从下等的动物，慢慢演进到高等的动物，现在还是演进。

七、心理受因果律的支配

根据心理学、生物学，心理现状是有因果律的。思想、做梦，都受因果律的支配，是心理、生理的现象，和头疼一般，所以人的心理说是超过一切，是不对的。

八、道德、礼教的变迁

照生理学、社会学来讲，人类道德、礼教也是变迁的。以前以为脚小是美观，但是现在脚小要装大了，所以道德、礼教的观念，正在改进。以二十年、二百年或二千年以前的标准，来判断二十年、二百年、二千年后的状况，是格格不相入的。

九、各物都有反应

照物理、化学来讲，物质是活的，原子分为电子，是动的。石头倘然加了化学品，就有反应，像人打了一记，就有反动一样。不同的，只在程度不同罢了。

十、人的不朽

根据一切科学知识，人是要死的，物质上的腐败，和猫死狗死一般，但是个人不朽的工作，是功德：在立德、立功、立言上，善恶都是不朽。一块痰中，有微生物，这菌能散布到空间，使空气都恶化了。人的言语,也是一样。凡是功业、思想,都能传之无穷。匹夫匹妇,都有其不朽的存在。

我们要看破人世间、时间之伟大,历史的无穷,人是最小的动物,处处都在演进,要去掉那"小我"的主张,但是那小小的人类,居然现在在制度、政治上各种都有进步。

以前都是拿科学去答复一切,现在要用什么方法去解决人生问题,就是哪样生活的问题,各人有各人的方法,但是,至少要有那科学的方法、精神、态度去做。分四点来讲。

(一)怀疑。第一点是怀疑。三个弗相信的态度,人生问题就很多。有了怀疑的态度,就不会上当。以前我们幼时的知识,都从阿金、阿狗、阿毛等黄包车夫、娘姨处学来,但是现在自己要反省,问问以前的知识是否靠得住?

(二)事实。我们要实事求是,现在像贴贴标语,什么"打倒田中义一"等,都仅务虚名,像豆腐店里生意不好,看看"对我生财"泄闷一样,又像是以前的画符,画符病就好的思想。贴了打倒帝国主义,帝国主义就真个打倒了吗?这不对,我们应做切实的工作,奋力地做去。

(三)证据。怀疑以后,相信总要相信,但是相信的条件,就是拿凭据来。有了这一句,伦理学诸书,都可以不读。赫胥黎[①]的儿子死了以后,宗教家去劝他信教,但是他很坚决地说:"拿有上帝的证据来!"有了这种态度,就不会上当。

(四)真理。朝夕地去求真理,不一定要成功,因为真理无穷,宇宙无穷。我们去寻求,是尽一点责任,希望在总分

---

① 托马斯・亨利・赫胥黎(Thomas Henry Huxley, 1825—1895),英国著名博物学家。

上，加上万万分之一。胜固是可喜，败也不足忧。明知赛跑，只有一个人第一，我们还要跑去，不是为我为私，是为大家。发明不是为发财，是为人类。英国有一个医生，发明了一种治肺的药，但是因为自秘，就被医学会开除了。

所以科学家是为求真理。庄子虽有"吾生也有涯，而知也无涯，以有涯随无涯，殆已"的话头，但是我们还要向上做去，得一分就是一分，一寸就是一寸，可以有阿基米德氏发现浮力时叫"Eureka"的快活，有了这种精神，做人就不会失望。所以人生的意味，全靠你自己的工作。你要它圆就圆，方就方，是有意味，因为真理无穷，趣味无穷，进步快活也无穷尽。

（本文为1928年5月胡适在苏州青年会上的演讲，原载1928年6月1日至2日上海《民国日报·觉悟》副刊）

人生有何意义

一、答某君书

……我细读来书，终觉得你不免作茧自缚。你自己去寻出一个本不成问题的问题："人生有何意义？"其实这个问题是容易解答的。人生的意义全是各人自己寻出来、造出来的：高尚，卑劣，清贵，污浊，有用，无用……全靠自己的作为。生命本身不过是一件生物学的事实，有什么意义可说？生一个人与一只猫、一只狗，有什么分别？人生的意义不在于何以有生，而在于自己怎样生活。你若情愿把这六尺之躯葬送在白昼做梦之上，那就是你这一生的意义。你若发愤振作起来，决心去寻求生命的意义，去创造自己的生命的意义，那么，你活一日便有一日的意义，做一事便添一事的意义，生命无穷，生命的意义也无穷了。

总之，生命本没有意义，你要能给它什么意义，它就有什么意义。与其终日冥想人生有何意义，不如试用此生做点有意义的事。

……

（原载1928年8月5日《生活周刊》第2卷第38期）

二、为人写扇子的话

知世如梦无所求，无所求心普空寂。
还似梦中随梦境，成就河沙梦功德。

王荆公小诗一首，真是有得于佛法的话。认得人生如梦，故无所求，但无所求不是无为。人生固然不过一梦，但一生只有这一场做梦的机会，岂可不努力做一个轰轰烈烈、像个样子的梦？岂可糊糊涂涂懵懵懂懂混过这几十年？

（1929年5月30日）

我的母亲

我小时候身体弱,不能跟着野蛮的孩子们一块儿玩。我母亲也不准我和他们乱跑乱跳。小时不曾养成活泼游戏的习惯,无论在什么地方,我总是文绉绉的。所以家乡老辈都说我"像个先生样子",遂叫我作"穈先生"。这个绰号叫出去之后,人都知道三先生的小儿子叫作穈先生了。既有"先生"之名,我不能不装出点"先生"样子,更不能跟着顽童们"野"了。有一天,我在我家八字门口和一班孩子"掷铜钱",一位老辈走过,见了我,笑道:"穈先生也掷铜钱吗?"我听了羞愧得面红耳热,觉得大失了"先生"的身份!

大人们鼓励我装先生样子,我也没有嬉戏的能力和习惯,又因为我确是喜欢看书,所以我一生可算是不曾享过儿童游戏的生活。每年秋天,我的庶祖贯同我到田里去"监割"(顶好的田,水旱无忧,收成最好,佃户每约田主来监割,打下谷子,两家平分),我总是坐在小树下看小说。十一二岁时,我稍活泼一点,居然和一群同学组织了一个戏剧班,做了一些木刀竹枪,借得了几个假胡须,就在村口田里做戏。我做的往往是诸葛亮、刘备一类的文角儿；只有一次我做史文恭，被花荣一箭从椅子上射倒下去，这算是我最活泼的玩意儿了。

我在这九年（1895—1904）之中，只学得了读书写字两件事。在文字和思想的方面，不能不算是打了一点底子。但别的方面都没有发展的机会。有一次我们村里"当朋"（八都凡五村，称为"五朋"，每年一村轮着做太子会，名为"当朋"），筹备太子会，有人提议要派我加入前村的昆腔队里学习吹笙或吹笛。族里长辈反对，说我年纪太小，不能跟着太子会走遍五朋。于是我失掉了这学习音乐的唯一机会。三十年来，我不曾拿过乐器，也全不懂音乐，究竟我有没有一点学音乐的天资，我至今还不知道。至于学图画，更是不可能的事。我常常用竹纸蒙在小说的石印绘像上，摹画书上的英雄美人。有一天，被先生看见了，挨了一顿大骂，抽屉里的图画都被搜出撕毁了。于是我又失掉了学做画家的机会。

但这九年的生活，除了读书看书之外，究竟给了我一点做人的训练。在这一点上，我的恩师就是我的慈母。

每天天刚亮时，我母亲就把我喊醒，叫我披衣坐起。我从不知道她醒来坐了多久了。她看见我清醒了，才对我说昨天我做错了什么事，说错了什么话，要我用功读书。有时候她对我说父亲的种种好处，她说，"你总要踏上你老子的脚步。我一生只晓得这一个完全的人，你要学他，不要跌他的股。"（跌股便是丢脸，出丑。）她说到伤心处，往往掉下泪来。到天大明时，她才把我的衣服穿好，催我去上早学。学堂门上的锁匙放在先生家里，我先到学堂门口一望，便跑到先生家里去敲门。先生家里有人把锁匙从门缝里递出来，我拿了跑回去，开了门，坐下念生书。十天之中，总有八九天我是第一个去开学堂门的。等到先生来了，我背了生书，才回家吃早饭。

我母亲管束我最严，她是慈母兼任严父。但她从来不在别人面前骂我一句，打我一下。我做错了事，她只对我一望，我看了她的严厉眼光，就吓住了。犯的事小，她等到第二天早晨我眼醒时才教训我。犯的事大，她等到晚上人静时，关了房门，先责备我，然后行罚，或罚跪，或拧我的肉。无论怎样重罚，总不许我哭出声来。她教训儿子不是借此出气叫别人听的。

有一个初秋的傍晚，我吃了晚饭，在门口玩，身上只穿了一件单背心。这时候我母亲的妹子玉英姨母在我家住，她怕我冷，拿了一件小衫出来叫我穿上。我不肯穿，她说："穿上吧，凉了。"我随口回答："娘（凉）什么！老子都不老子呀。"我刚说了这句话，一抬头，看见母亲从家里走出，我赶快把小衫穿上。但她已听见这句轻薄的话了。晚上人静后，她罚我跪下，重重地责罚了一顿。她说："你没了老子，是多么得意的事！好用来说嘴！"她气得坐着发抖，也不许我上床去睡。我跪着哭，用手擦眼泪，不知擦进了什么微菌，后来足足害了一年的眼翳病。医来医去，总医不好。我母亲心里又悔又急，听说眼翳可以用舌头舔去，有一夜她把我叫醒，她真用舌头舔我的病眼。这是我的严师，我的慈母。

我母亲二十三岁做了寡妇，又是当家的后母。这种生活的痛苦，我的笨笔写不出一万分之一二。家中财政本不宽裕，全靠二哥在上海经营调度。大哥从小就是败子，吸鸦片烟，赌博，钱到手就光，光了就回家打主意，见了香炉就拿出去卖，捞着锡茶壶就拿出去押。我母亲几次邀了本家长辈来，给他定下每月用费的数目。但他总不够用，到处都欠下烟债赌债。每年除夕我家中总有一大群讨债的，每人一盏灯笼，坐在大厅上不肯去。大哥早已避出去了。大厅的两排椅子上满满的都是灯笼和债主。我母亲走进走出，料理年夜饭，谢灶神，压岁钱等事，只当作不曾看见这一群人。到了近半夜，快要"封门"了，我母亲才走后门出去，央一位邻舍本家到我家来，每一家债户开发一点钱。做好做歹的，这一群讨债的才一个一个提着灯笼走出去。一会儿，大哥敲门回来了。我母亲从不骂他一句。并且因为是新年，她脸上从不露出一点怒色。这样的过年，我过了六七次。

大嫂是个最无能而又最不懂事的人，二嫂是个很能干而气量很窄小的人。她们常常闹意见，只因为我母亲的和气榜样，她们还不曾有公然相骂相打的事。她们闹气时，只是不说话，不答话，把脸放下来，叫人难看；二嫂生气时，脸色变青，更是怕人。她们对我母亲闹气时，也是如此。我起初全不懂得这一套，后来也渐渐懂得看人的脸色了。我渐渐明白，世间最可厌恶的事莫如一张生气的脸，世间最下流的事莫如把生气的脸摆给旁人看。这比打骂还难受。

我母亲的气量大，性子好，又因为做了后母后婆，她更事事留心，事事格外容忍。大哥的女儿比我只小一岁，她的饮食衣料总是和我一样。我和她有小争执，总是我吃亏，母亲总是责备我，要我事事让她。后来大嫂二嫂都生了儿子了，她们生气时便打骂孩子来出气，一面打，一面用尖刻有刺的话骂给别人听。我母亲只装不听见。有时候，她实在忍不住了，便悄悄走出门去，或到左邻立大嫂家去坐一会儿，或走后门到后邻度嫂家去闲谈。她从不和两个嫂子吵一句嘴。

每个嫂子一生气，往往十天半个月不歇，天天走进走出，板着脸，咬着嘴，打骂小孩子出气。我母亲只忍耐着，忍到实在不可再忍的一天，她也有她的法子。这一天的天明时，她就不起床，轻轻地哭一场。她不骂一个人，只哭她的丈夫，哭她自己命苦，留不住她的丈夫来照管她。她先哭时，声音很低，渐渐哭出声来。我醒了起来劝她，她不肯住。这时候，我总听得见前堂（二嫂住前堂东房）或后堂（大嫂住后堂西房）有一扇房门开了，一个嫂子走出房向厨房走去。不多一会儿，那位嫂子来敲我们的房门了。我开了房门，她走进来，捧着一碗热茶，送到我母亲床前，劝她止哭，请她喝口热茶。我母亲慢慢停住哭声，伸手接了茶碗，那位嫂子站着劝一会儿，才退出去。没有一句话提到什么人，也没有一个字提到这十天半个月来的气脸，然而各人心里明白，泡茶进来的嫂子总是那十天半个月来闹气的人。奇怪得很，这一哭之后，至少有一两个月的太平清静日子。

我母亲待人最仁慈，最温和，从来没有一句伤人感情的话。但她有时候也很有刚气，不受一点人格上的侮辱。我家五叔是个无正业的浪人，有一天在烟馆里发牢骚，说我母亲家中有事总请某人帮忙，大概总有什么好处给他。这句话传到我母亲耳朵里，她气得大哭，请了几位本家来。把五叔喊来，当面质问他，她给了某人什么好处。直到五叔当众认错赔罪，她才罢休。

我在我母亲的教训之下住了九年，受了她的极大极深的影响。我十四岁（其实只有十二岁零两三个月）就离开她了，在这广漠的人海里独自混了二十多年，没有一个人管束过我。如果我学得了一丝一毫的好脾气，如果我学得了一点点待人接物的和气，如果我能宽恕人，体谅人——我都得感谢我的慈母。

（原载1930年5月《新月》第3卷第3期）

从拜神到无神

一

> 纷纷歌舞赛蛇虫,酒醴牲牢告洁丰。
> 果有神灵来护佑,天寒何故不临工?

这是我父亲在郑州办河工时(光绪十四年,1888年)做的十首《郑工合龙纪事诗》的一首。他自己有注道:"霜雪既降,凡俗所谓'大王''将军'代身临工者皆绝迹不复见矣。""大王""将军"都是祀典里的河神;河工区域内的水蛇虾蟆,往往被认为大王或将军的化身,往往享受最隆重的祀祭礼拜。河工是何等大事,而国家的治河官吏不能不向水蛇虾蟆磕头乞怜,真是一个民族的最大耻辱。我父亲这首诗不但公然指斥这种迷信,并且用了一个很浅近的证据,证明这种迷信的荒诞可笑。这一点最可表现我父亲的思想的倾向。

我父亲不曾受过近世自然科学的洗礼,但他很受了程颐、朱熹一系的理学的影响。理学家因袭了古代的自然主义的宇宙观,用"气"和"理"两个基本观念来解释宇宙，敢说"天即理也"，"鬼神者，二气（阴阳）之良能也"。这种思想，虽有不彻底的地方，但很可以破除不少的迷信。况且程朱一系极力提倡"格物穷理"，教人"即物而穷其理"，这就是近世科学的态度。我父亲做的《原学》，开端便说：

天地氤氲，万物化生。

这是采纳了理学家的自然主义的宇宙观。他做的《学为人诗》的结论是：

为人之道，非有他术。
穷理致知，返躬践实；
黾勉于学，守道勿失。

这是接受了程朱一系格物穷理的治学态度。

这些话都是我四五岁时就念熟了的。先生怎样讲解，我记不得了；我当时大概完全不懂得这些话的意义。我父亲死得太早，我离开他时，还只是三岁小孩，所以我完全不曾受着他的思想的直接影响。他留给我的，大概有两方面：一方面是遗传，因为我是"我父亲的儿子"；另一方面是他留下了一点程朱理学的遗风。我小时跟着四叔念朱子的《小学》，就是理学的遗风。四叔家和我家的大门上都贴着"僧道无缘"的条子，也就是理学家庭的一个招牌。

我记得我家新屋大门上的"僧道无缘"条子，从大红色褪到粉红，又渐渐变成了淡白色，后来竟完全剥落了。我家中的女眷都是深信神佛的。我父亲死后，四叔又上任做学官去了，家中的女眷就自由拜神佛了。女眷的宗教领袖是星五伯娘，她到了晚年，吃了长斋，拜佛念经，四叔和三哥（是她过继的孙子）都不能劝阻她，后来又添上了二哥的丈母，也是吃长斋念佛的，她常来我家中住。这两位老太婆做了好朋友，常劝诱家中的几房女眷信佛。家中人有病痛，往往请她们念经许愿还愿。

二哥的丈母颇认得字，带来了《玉历抄传》《妙庄王经》一类的善书，常给我们讲说目连救母游地府，妙庄王的公主（观音）出家修行等等故事。我把她带来的书都看了，又在戏台上看了《观音娘娘出家》全本连台戏，所以脑子里装满了地狱的惨酷景象。

后来三哥得了肺痨病，生了几个孩子都不曾养大。星五伯娘常为三哥拜神佛，许愿，甚至于召集和尚在家中放焰口超度冤魂。三哥自己不肯参加行礼，伯娘常叫我去代替三哥跪拜行礼。我自己幼年身体也很虚弱，多病痛，所以我母亲也常请伯娘带我去烧香拜佛。依家乡的风俗，我母亲也曾把我许在观音菩萨座下做弟子，还给我取了个佛名，上一字是个"观"字，下一字我忘了。我母亲爱我心切，时时教我拜佛拜神总须诚心敬礼。每年她同我上外婆家去，十里路上所过庙宇路亭，凡有神佛之处，她总教我拜揖。有一年我害肚痛，眼睛里又起翳，她代我许愿：病好之后亲自到古塘山观音菩萨座前烧香还愿。后来我病好了，她亲自跟伯娘带了我去朝拜古塘山。山路很难走，她的脚是终年疼的，但她为了儿子，步行朝山，上山时走几步便须坐下歇息，却总不说一声苦痛。我这时候自然也是很诚心地跟着她们礼拜。

177

我母亲盼望我读书成名,所以常常叮嘱我每天要拜孔夫子。禹臣先生学堂壁上挂着一幅硃印石刻的吴道子画的孔子像,我们每晚放学时总得对他拜一个揖。我到大姊家去拜年,看见了外甥章砚香(比我大几岁)供着一个孔夫子神龛,是用大纸匣子做的,用红纸剪的神位,用火柴盒子做的祭桌,桌子上贴着金纸剪的香炉烛台和供献,神龛外边贴着许多红纸金纸的圣庙匾额对联,写着"德配天地,道冠古今"一类的句子。我看了这神龛,心里好生羡慕,回到家里,也造了一座小圣庙。我在家中寻到了一只燕窝匣子,做了圣庙大庭;又把匣子中间挖空一方块,用一只小匣子糊上去,做了圣庙的内堂,堂上也设了祭桌、神位、香炉、烛台等。我在两厢又添设了颜渊、子路一班圣门弟子的神位,也都有小祭桌。我借得了一部《联语类编》,抄出了许多圣庙联匾句子,都用金银锡箔做成匾对,请近仁叔写了贴上。这一座孔庙很费了我不少的心思。我母亲见我这样敬礼孔夫子,她十分高兴,给我一张小桌子专供这神龛,并且给我一个铜香炉。每逢初一和十五,她总教我焚香敬礼。

这座小圣庙,因为我母亲的加意保存,到我二十七岁从外国回家时,还不曾毁坏。但我的宗教虔诚早已摧毁破坏了。我在十一二岁时便已变成了一个无神论者。

二

有一天,我正在温习朱子的《小学》,念到了一段司马温公的家训,其中有论地狱的话,说:

形既朽灭，神亦飘散，虽有剉烧舂磨，亦无所施……

我重读了这几句话，忽然高兴得直跳起来。《目连救母》《玉历抄传》等书里的地狱惨状，都呈现在我眼前，但我觉得都不怕了。放焰口的和尚陈设在祭坛上的十殿阎王的画像，和十八层地狱的种种牛头马面用钢叉把罪人叉上刀山，叉下油锅，抛下奈何桥下去喂饿狗毒蛇——这种种惨状也都呈现在我眼前，但我现在觉得都不怕了。我再三念这句话："形既朽灭，神亦飘散，虽有剉烧舂磨，亦无所施。"我心里很高兴，真像地藏王菩萨把锡杖一指，打开地狱门了。

这件事我记不清在哪一年了，大概在十一岁时。这时候，我已能够自己看古文书了。禹臣先生教我看《纲鉴易知录》，后来又教我改看《御批通鉴辑览》。《易知录》有句读，故我不觉吃力。《通鉴辑览》须我自己用朱笔点读，故读得很迟缓。有一次二哥从上海回来，见我看《御批通鉴辑览》，他不赞成；他对禹臣先生说，不如看《资治通鉴》。于是我就点读《资治通鉴》了。这是我研究中国史的第一步。我不久便很喜欢这一类历史书，并且感觉朝代帝王年号的难记，就想编一部《历代帝王年号歌诀》！近仁叔很鼓励我做此事，我真动手编这部七字句的历史歌诀了。此稿已遗失了，我已不记得这件野心工作编到了哪一朝代。但这也可算是我的整理国故的破土工作。可是谁也想不到司马光的《资治通鉴》竟会大大得影响我的宗教信仰，竟会使我变成一个无神论者。

有一天，我读到《资治通鉴》第一百三十六卷，中有一段记范缜（齐梁时代人，死时约在西历510年）反对佛教的故事，说：

缜著《神灭论》，以为"形者神之质，神者形之用也。神之于形，犹利之于刃。未闻刃没而利存，岂容形亡而神在哉？"此论出，朝野喧哗，难之，终不能屈。

我先已读司马光论地狱的话了，所以我读了这一段议论，觉得非常明白，非常有理。司马光的话教我不信地狱，范缜的话使我更进一步，就走上了无鬼神的路。范缜用了一个譬喻，说形和神的关系就像刀子和刀口的锋利一样；没有刀子，便没有刀子的"快"了；那么，没有形体，还能有神魂吗？这个譬喻是很浅显的，恰恰合一个初开知识的小孩子的程度，所以我越想越觉得范缜说得有道理。司马光引了这三十五个字的《神灭论》，居然把我脑子里的无数鬼神都赶跑了。从此以后，我不知不觉地成了一个无鬼无神的人。

我那时并不知道范缜的《神灭论》全文载在《梁书》（卷四八）里，也不知道当时许多人驳他的文章保存在《弘明集》里。我只读了这三十五个字，就换了一个人。大概司马光也受了范缜的影响，所以有"形既朽灭，神亦飘散"的议论；大概他感谢范缜，故他编《通鉴》时，硬把《神灭论》摘了最精彩的一段，插入他的不朽的历史里。他绝想不到，八百年后这三十五个字竟感悟了一个十二岁的小孩子，竟影响了他一生的思想。

《通鉴》又记述范缜和竟陵王萧子良讨论"因果"的事，这一段在我的思想上也发生了很大的影响。原文如下：

子良笃好释氏，招致名僧，讲论佛法。道俗之盛，江左未有。或亲为众僧赋食、行水，世颇以为失宰相体。

范缜盛称无佛。子良曰："君不信因果，何得有富贵贫贱？"缜曰："人生如树花同发，随风而散，或拂帘幌，坠茵席之上；或关篱墙，落粪溷之中。坠茵席者，殿下是也。落粪溷者，下官是也。贵贱虽复殊途，因果竟在何处？"子良无以难。

这一段议论也只是一个譬喻，但我当时读了只觉得他说得明白有理，就熟读了记在心里。我当时实在还不能了解范缜的议论的哲学意义。他主张一种"偶然论"，用来破坏佛教的果报轮回说。我小时听惯了佛家果报轮回的教训，最怕来世变猪变狗，忽然看见了范缜不信因果的譬喻，我心里非常高兴，胆子就大得多了。他和司马光的神灭论教我不怕地狱；他的无因果论教我不怕轮回。我喜欢他们的话，因为他们教我不怕。我信服他们的话，因为他们教我不怕。

三

我的思想经过了这回解放之后，就不能虔诚拜神拜佛了。但我在我母亲面前，还不敢公然说出不信鬼神的议论。她叫我上分祠里去拜祖宗，或去烧香还愿，我总不敢不去，满心里的不愿意，我终不敢让她知道。

我十三岁的正月里，到大姊家去拜年，住了几天，到十五日早晨，才和外甥砚香同回我家去看灯。他家的一个长工挑着新年糕饼等物事，跟着我们走。

半路上到了中屯外婆家，我们进去歇脚，吃了点心，又继续前进。中屯村口有个三门亭，供着几个神像。我们走进亭子，我指着神像对砚香说,"这里没有人看见,我们来把这几个烂泥菩萨拆下来抛到茅厕里去,好吗?"

这样突然主张毁坏神像,把我的外甥吓住了。他虽然听我说过无鬼无神的话,却不曾想到我会在这路亭里提议实行捣毁神像。他的长工忙劝阻我道:"糜舅,菩萨是不好得罪的。"我听了这话,更不高兴,偏要拾石子去掷神像。恰好村子里有人下来了,砚香和那长工就把我劝走了。

我们到了我家中,我母亲煮面给我们吃,我刚吃了几筷子,听见门外锣鼓响,便放下面,跑出去看舞狮子了。这一天来看灯的客多,家中人都忙着照料客人,谁也不来管我吃了多少面。我陪着客人出去玩,也就忘了肚子饿了。

晚上陪客人吃饭,我也喝了一两杯烧酒。酒到了饿肚子里,有点作怪。晚饭后,我跑出大门外,被风一吹,我有点醉了,便喊道:"月亮,月亮,下来看灯!"别人家的孩子也跟着喊:"月亮,月亮,下来看灯!"

门外的喊声被屋里人听见了,我母亲叫人来唤我回去。我怕她责怪,就跑出去了。来人追上去,我跑得更快。有人对我母亲说,我今晚上喝了烧酒,怕是醉了。我母亲自己出来唤我,这时候我已被人追回来了。但跑多了,我真有点醉了,就和他们抵抗,不肯回家。母亲抱住我,我仍喊着要月亮下来看灯。许多人围拢来看,我仗着人多,嘴里仍旧乱喊。母亲把我拖进房里,一群人拥进房来看。

这时候,那位跟我们来的章家长工走到我母亲身边,低低地说:"外婆(他跟着我的外甥称呼),糜舅今夜怕不是吃醉了吧?今天我们从中屯出来,路过三门亭,糜舅要把那几个菩萨拖下来丢到茅厕里去。他今夜嘴里乱说话，怕是得罪了神道，神道怪下来了。"

这几句话，他低低地说，我靠在母亲怀里，全听见了。我心里正怕喝醉了酒，母亲要责罚我；现在我听了长工的话，忽然想出了一条妙计。我想："我胡闹，母亲要打我；菩萨胡闹，她不会责怪菩萨。"于是我就闹得更凶，说了许多疯话，好像真有鬼神附在我身上一样！

我母亲着急了，叫砚香来问，砚香也说我日里的确得罪了神道。母亲就叫别人来抱住我，她自己去洗手焚香，向空中祷告三门亭的神道，说我年小无知，触犯了神道，但求神道宽宏大量，不计较小孩的罪过，宽恕了我。我们将来一定亲到三门亭去烧香还愿。

这时候，邻舍都来看我，挤满了一屋子的人，有些妇女还提着火笼①，房间里闷热得很。我热得脸都红了，真有点像醉人。

忽然门外有人报信，说："龙灯来了，龙灯来了！"男男女女都往外跑，都想赶到十字街口去等候看灯。一会儿，一屋子的人都散完了，只剩下我和母亲两个人。房里的闷热也消除了，我也疲倦了，就不知不觉地睡着了。

母亲许的愿好像是灵应了。第二天，她教训了我一场，说我不应该瞎说，更不应该在神道面前瞎说。但她不曾责罚我，我心里高兴，万想不到我的责罚却在一个月之后。

过了一个月，母亲同我上中屯外婆家去。她拿出钱来，在外婆家办了猪头供献，备了香烛纸钱，她请我母舅领我到三门亭里

---

① 徽州人冬天用瓦炉装炭火，外面用篾丝作篮子，可以随身携带，名为火笼。

去谢神还愿。我母舅是个虔诚的人，他恭恭敬敬地摆好供献，点起香烛，陪着我跪拜谢神。我忍住笑，恭恭敬敬地行了礼——心里只怪我自己当日扯谎时，不曾想到这样比挨打还更难为情的责罚！

直到我二十七岁回家时，我才敢对母亲说那一年元宵节，附在我身上胡闹的不是三门亭的神道，只是我自己。母亲也笑了。

（原载1930年《新月》第3卷第4号）

我的信仰

一

我父胡珊,是一位学者,也是一个有坚强意志,有治理才干的人。经过一个时期的文史经籍训练后,他对于地理研究,特别是边省的地理,大起兴趣。他前往京师,怀了一封介绍书,又走了四十二日而达吉林,去进见钦差大臣吴大澂。吴氏是现在见知于欧洲研究中国学问者之中国的一个大考古学家。

吴氏延见他,问有什么可以替他为力的。我父说道:"没有什么,只求准我随节去解决中俄界务的纠纷,俾我得以研究东北各省的地理。"吴氏对于这个只有秀才底子,且在关外长途跋涉之后,差不多已是身无分文的学者,觉得有味。他带了这个少年去干他那历史上有名的差使,得他做了一个最有价值、最肯做事的帮手。

有一次与我父亲同走的一队人,迷陷在一个广阔的大森林之内,三天找不着出路。到粮食告罄,一切侦察均归失败时,我父亲就提议寻觅溪流。溪流是多半流向森林外面去的。一条溪流找到了手，他们一班人就顺流而行，得达安全的地方。我父亲作了一首长诗纪念这次的事迹，及四十年后，我在《论杜威教授系统思想说》的一篇论文里，用这件事实以为例证，虽则我未尝提到他的名字，有好些与我父亲相熟而犹生存着的人，都还认得出这件故事，并写信问我是不是他们故世已久的朋友的一个小儿子。

吴大澂对我父亲虽曾一度向政府荐举他为"有治省才的人"，他在政治上却并未得臻通显，历官江苏、台湾后，遂于台湾因中日战争的结果，以五十五岁的寿辰逝世。

二

我是我父亲的幼儿，也是我母亲的独子。我父亲娶妻凡三次。前妻死于太平天国之乱，乱军掠遍安徽南部各县，将其化为灰烬。次娶生了三个儿子、四个女儿，长子从小便证明是个难望洗心革面的败子。我父亲丧了次妻后，写信回家，说他一定要讨一个纯良强健的、做庄稼人家的女儿。

我外祖父务农，于年终几个月内且兼业裁缝。他是出身于一个循善的农家，在太平天国之乱中，全家被杀。因他还只是一个小孩子，故被太平军掠做俘虏，带往军中当差。为要防他逃走，他的脸上就刺了"太平天国"四字，终其身都还留着。但是他吃了种种困苦，居然逃了出来，回到家乡，只寻得一片焦土，无一个家人还得活着。他勤苦工作，耕种田地，兼做裁缝。裁缝的手艺，是他在贼营里学来的。他渐渐长成，娶了一房妻子，生下四个儿女，我母亲就是最长的。

我外祖父一生的心愿就是想重建被太平军毁了的家传老屋。

他每天早上，太阳未出，便到溪头去拣选三大担石子，分三次挑回废屋的地基。挑完之后，他才去种田或去做裁缝。到了晚上回家时，又去三次，挑了三担石子，才吃晚饭。凡此辛苦恒毅的工作，都给我母亲默默看在眼里，她暗恨身为女儿，毫无一点法子能减轻他父亲的辛苦，促他的梦想实现。

随后来了个媒人，在田里与我外祖父会见，雄辩滔滔地向他替我父亲要他大女儿的庚帖。我外祖父答应回去和家里商量，但是到他在晚上把所提的话对他的妻子说了，她就大生气。她说："不行！把我女儿嫁给一个大她三十岁的人，你真想得起？况且他的儿女也有年纪比我们女儿还大的！还有一层，人家自然要说我们嫁女儿给一个老官，是为了钱财体面而把她牺牲的。"于是这一对老夫妻吵了一场。后来做父亲的说："我们问问女儿自己。说来说去，这到底是她自己的事。"

到这个问题对我母亲提了出来，她不肯开口。中国女子遇到同类的情形常是这样的。她心里却在深思沉想。嫁与中年丧偶、兼有成年儿女的人做填房，送给女家的聘金财礼比一般婚媾要重得多。这点于她父亲盖房子的计划将大有帮助。况且她以前又是见过我父亲的，知道他为全县人所敬重。她爱慕他，愿意嫁他，为的半是英雄崇拜的意识，但大半是想望帮助劳苦的父亲的孝思。所以到她给父母逼着答话，她就坚决地说："只要你们俩都说他是好人，请你们俩作主。男人家四十七岁也不能算是老。"我外祖父听了，叹了一口气，我外祖母可气得跳起来，忿忿地说："好呵！你想做官太太了！好罢，听你情愿罢！"

三

我母亲于一八八九年结婚，时年十七，我则生在一八九一年十二月。我父殁于一八九五年，留下我母亲二十三岁做了寡妇。我父弃世，我母便做了一个有许多成年儿女的大家庭的家长。中国做后母的地位是十分困难的，她的生活自此时起，自是一个长时间的含辛茹苦。

我母最大的禀赋就是容忍。中国史书记载唐朝有个皇帝垂询张公仪那位家长，问他家以什么道理能九世同居而不分离拆散。那位老人家因过于衰迈，难以口述，请准用笔写出回答。他就写了一百个"忍"字。中国道德家时常举出"百忍"的故事为家庭生活最好的例子，但他们似乎没有一个曾觉察到许多苦恼、倾轧、压迫和不平，使容忍成了一种必不可少的事情。

那班接脚媳妇凶恶不善的感情、利如锋刃的话语、含有敌意的嘴脸，我母亲事事都耐心容忍。她有时忍到不可再忍，这才早上不起床，柔声大哭，哭她早丧丈夫。她从不开罪她的媳妇，也不提开罪的那件事，但是这些眼泪，每次都有神秘莫测的效果。我总听得有一位嫂嫂的房门开了，和一个妇人的脚步声向厨房走去。不多一会儿，她转来敲我们房门了。她走进来，捧着一碗热茶，送给我的母亲，劝她止哭。母亲接了茶碗，受了她不出声的认错。然后家里又太平清静得个把月。

我母亲虽则并不知书识字，却把她的全副希望放在我的教育上。我是一个早慧的小孩，不满三岁时，就已认了八百多字，都是我父亲每天用红笺方块教我的。我才满三岁零点，便在学堂里念书。我当时是个多病的小孩，没有搀扶，不能跨一个六英寸高的门槛，但我比学堂里所别的学生都能读能记些。我从不跟着村中孩子们一块儿玩。更因我缺少游戏，我五岁时就得了"先生"的绰号。十五年后，我在康奈尔大学做二年级时，也同是为了这个弱点，而得了"Doc"（即 Doctor 缩读，音与 dog 相近，用作谐称）的诨名。

每天天还未亮时，我母亲便把我喊醒，叫我在床上坐起。她然后把对我父亲所知的一切告诉我。她说她望我踏上他的脚步，她一生只晓得他是最善良、最伟大的人。据她说，他是一个多么受人敬重的人，以致在他闲或休假回家的时期中，附近烟窟赌馆都概行停业。她对我说我唯有行为好、学业科考成功，才能使他们两老增光；又说她所受的种种苦楚，得以由我勤敏读书来酬偿。我往往眼睛半睁半闭地听，但她除遇有女客与我们同住在一个房间的时候外，罕有不施这番晨训的。到天大明时，她才把我的衣服穿好，催我去上学。

我年稍长，我总是第一个先到学堂，并且差不多每天早晨都是去敲先生的门要钥匙去开学堂的门。钥匙从门缝里递了出来，我隔一会儿就坐在我的座位上朗念生书了。学堂里到薄暮才放学，届时每个学生都向朱印石刻的孔夫子大像和先生鞠躬回家。日中上课的时间平均是十二小时。

我母亲一面不许我有任何种的儿童游戏，一面对于我建一座孔圣庙的孩子气的企图，却给予种种鼓励。我是从我同父异母的姊姊的长子，大我五岁的一个小孩那里学来的。他拿各种华丽的色纸扎了一座孔庙，使我心里羡慕。我用一个大纸匣子作为正殿，背后开了一个方洞，用一只小匣子糊上去，做了摆孔子牌位的内堂。外殿我供了孔子的各大贤徒,并贴了些小小的匾对,书着颂扬这位大圣人的字句,其中半系录自我外甥的庙里,半系自书中抄来。在这座玩具的庙前,频频有香炷燃着。我母亲对于我这番有孩子气的虔敬也觉得欢喜,暗信孔子的神灵一定有报应,使我成为一个有名的学者,并在科考中成为一个及第的士子。

我父亲是一个经学家,也是一个严守朱熹(1130—1200)的新儒教理学的人。他对于释道两教强烈反对。我还记得见叔父家(那是我的开蒙学堂)的门上有一张日光晒淡了的字条,写着"僧道无缘"几个字。我后来才得知这是我父亲所遗理学家规例的一部,但是我父亲业已去世,我那彬彬儒雅的叔父,又到皖北去做了一员小吏,而我的几位哥子则都在上海。剩在家里的妇女们,对于我父亲的理学遗规,没有什么拘束了。他们遵守敬奉祖宗的常礼,并随风俗时会所趋,而自由礼神拜佛。观音菩萨是他们所最爱的神,我母亲是出于焦虑我的健康福祉的念头,也做了观音的虔诚信士。我记得有一次她到山上观音阁里去进香,她虽缠足,缠足是苦了一生的,在整段的山路上,还是步行来回。我在村塾(村中共有七所)里读书,读了九年(1895—1904)。在这个期间,我读习并记诵了下列几部书。

1.《孝经》:孔子后的一部经籍,作者不明。

2.《小学》:一部论新儒教道德学说的书,普通谓系宋哲朱熹所作。

3. "四书":《论语》《孟子》《大学》《中庸》。

4. "五经"中的四经:《诗经》《尚书》《易经》《礼记》。

我母亲对于家用向来是节省的,而付我先生的学金,却坚要比平常要多三倍。平常学金两块银元一年,她首先便送六块钱,后又逐渐增加到十二元。由增加学金这一点小事情，我得到千百倍于上述数目比率所未能给的利益。因为那两元的学生，单单是高声朗读，用心记诵，先生从不劳神去对他讲解所记的字。独我为了有额外学金的缘故，得享受把功课中每字每句解给我听，就是将死板文字译作白话这项难得的权利。

我年还不满八岁，就能自己念书。由我二哥的提议，先生使我读《资治通鉴》。这部书，实在是大历史家司马光于一〇八四年所辑编年式的中国通史。这番读史，使我发生很大的兴趣，我不久就从事把各朝代、各帝王、各年号编成有韵的歌诀，以资记忆。

随后有一天，我在叔父家里的废纸箱中，偶然看见一本《水浒传》的残本，便站在箱边把它看完了。我跑遍全村，不久居然得着全部。从此以后，我像老饕一般读尽了本村邻村所知的小说。这些小说都是用白话或口语写的，既易了解，又有引人入胜的趣味。它们教我人生，好的也教，坏的也教，又给了我一件文艺的工具，若干年后，使我能在中国开始众所称为"文学革命"（Literary Renaissance，直译当为文艺复兴）的运动。

其时，我的宗教生活经过一个特异的激变。我系生长在拜偶像的环境，习于诸神凶恶丑怪的面孔，和天堂地狱的民间传说。我十一岁时，一日，温习朱子的《小学》，这部书是我能背诵而不甚了解的。我念到这位理学家引司马光那位史家攻击天堂地狱的通俗信仰的话。这段话说："形既朽灭，神亦飘散，虽有剉烧舂磨，亦无所施。"这话好像说得很有道理，我对于死后审判的观念，就开始怀疑起来。

往后不久，我读司马光的《资治通鉴》，读到第一百三十六卷中有一段，使我成了一个无神论者。所说起的这一段，述纪元五世纪名范缜的一位哲学家，与朝众竞辩"神灭论"。朝廷当时是提倡大乘佛法的。范缜的见解，由司马光摄述为这几句话："形者神之质，神者形之用也。神之于形，犹利之于刀。未闻刀没而利存，岂容形灭而神在哉？"

这比司马光的形灭神散的见解——一种仍认有精神的理论——还更透彻有理。范缜根本否认精神为一种实体，谓其仅系神之用。这一番化繁为简合着我儿童的心胸。读到"朝野喧哗，难之，终不能屈"，更使我心悦。

同在那一段内，又引据范缜反对因果轮回说的事。他与竟陵王谈论，王对他说："君不信因果，何得有富贵贫贱？"范缜答道："人生如树花同发，随风而散；或拂帘幌，坠茵席之上；或关篱墙，落粪溷之中。堕茵席者，殿下是也；落粪溷者，下官是也。贵贱虽复殊途，因果竟在何处？"

因果之说，由印度传来，在中国人思想生活上已成了主要部分的少数最有力的观念之一。中国古代道德家，常以善有善报、恶有恶报为训，但在现实生活上并不真确。佛教的因果优于中国果报观念的地方，就是可以躲过这个问题，将其归之于前世来世不断的轮回。

但是范缜的比喻，引起了我幼稚的幻想，使我摆脱了噩梦似的因果绝对论。这是以偶然论来对定命论，而我以十一岁的儿童就取了偶然论而叛离了运命。我在那个儿童时代是没有牵强附会的推理的，仅仅是脾性的迎拒罢了。我是我父亲的儿子，司马光和范缜又得了我的心。仅此而已。

四

但是这一种心境的激变，在我早年不无可笑的结果。一九〇三年的新年里，我到我住在二十四里外的大姊家去拜年。在她家住了几天，我和她的儿子回家，他是来拜我母亲的年的。他家的一个长工替他挑着新年礼物。我们回到路上，经过一个亭子，供着几个奇形怪状的神像。我停下来对我外甥说："这里没有人看见，我们来把这几个菩萨抛到污泥坑里去罢。"我这带孩子气的毁坏神像的主张，把我的同伴大大地吓住了。他们劝我走路，莫去惹那些本来已经濒于危境的神道。

这一天正是元宵灯节。我们到了家中，家里有许多客人，我的肚子已经饿了，开饭的时候，我外甥又劝我喝了一杯烧酒。酒在我的肚子里，便作怪起来。我不久便在院子里跑，喊月亮下来看灯。我母亲不悦，叫人来捉我。我在他们前头跑，酒力因我跑路，作用更起得快。我终被捉住，但还努力想挣脱。我母亲抱住我，不久便有许多人朝我们围拢来。

我心里害怕，便胡言乱道起来。于是我外甥家的长工走到我母亲身边，低低地说："外婆，我想他定是精神错乱了。恐怕是神道怪了他。今天下午我们路过三门亭，他提议要把几尊菩萨抛到污泥坑里去。一定是这番话弄出来的事。"我窃听了长工的话，忽然想出一条妙计。我喊叫得更凶，好像我就真是三门亭的一个神一样。我母亲于是便当空焚香祷告，说我年幼无知无咎，如果蒙神恕我小孩子的罪过，定到亭上去烧香还愿。

这时候，得报说龙灯来了，在我们屋里的人，都急忙跑去看，只剩下我和母亲两个人。一会儿我就睡着了。母亲许的愿，显然是灵应了。一个月后，我母亲和我上外婆家去，她叫我恭恭敬敬地在三门亭还我们许下的愿。

五

我年甫十三，即离家上路七日，以求"新教育"于上海。自这次别离后，我于十四年之中，只省候过我母亲三次，一总同她住了大约七个月。出自她对我伟大的爱忱，她送我出门，分明没有洒过一滴眼泪，就让我在这广大的世界中，独自求我自己的教育和发展，所带着的，只是一个母亲的爱、一个读书的习惯和一点点怀疑的倾向。

我在上海过了六年（1904—1910），在美国过了七年（1910—1917）。在我停留在上海的时期内，我经历过三个学校（无一个是教会学校），一个都没有毕业。我读了当时所谓的"新教育"的基本东西，以历史、地理、英文、数学和一点零碎的自然科学为主。从故林纾氏及其他诸人的意译文字中，我初次认识一大批英国和欧洲的小说家，司各提（Scott）、狄更司（Dickens）、大小仲马（Dumas père and fils）、雨果（Hugo），以及托尔斯泰（Tolstoy）等氏的都在内。我读了中国上古、中古几位非儒教和新儒教哲学家的著作，并喜欢墨翟的兼爱说与老子、庄子有自然色彩的哲学。

从当代力量最大的学者梁启超氏的通俗文字中，我渐得略知霍布斯（Hobbes）、笛卡尔（Descartes）、卢梭（Rousseau）、宾坦（Bentham）、康德（Kant）、达尔文（Darwin）等诸泰西思想家。

梁氏是一个崇拜近代西方文明的人，连续发表了些文字，坦然承认中国人以一个民族而言，对于欧洲人所具有许多良好特性，感受缺乏；显著的是注重公共道德，国家思想，爱冒险，私人权利观念与热心防其被侵，爱自由，自治能力，结合的本事与组织的努力，注意身体的培养与健康等。就是这几篇文字猛力把我以我们古旧文明为自足，除战争的武器、商业转运的工具外，没有什么要向西方求学的这种安乐梦中，震醒出来。它们开了给我，也就好像开了给几千几百别的人一样，对于世界整个的新眼界。

我又读过严复所译穆勒（John Stuart Mill）的《自由论》(On Liberty)和赫胥黎（Huxley）的《天演论》(Evolution and Ethic)。严氏所译赫胥黎的论著，于一八九八年就出版，并立即得到知识阶级的接受。有钱的人拿钱出来翻印新版以广流传（当时并没有版权），因为有人以达尔文的言论，尤其是它在社会上与政治上的运用，对于一个感受惰性与濡滞日久的民族，乃是一个合宜的刺激。

数年之间，许多的进化名词在当时报章杂志的文字上，就成了口头禅。无数的人，都采来做自己的和儿辈的名号，由是提醒他们国家与个人在生存竞争中消灭的祸害。向尝一度闻名的陈炯明以"竞存"为号。我有两个同学名"杨天择"和"孙竞存"。

就是我自己的名字，对于中国以进化论为时尚，也是一个证据。我请我二哥替我起个学名的那天早晨，我还记得清楚。他只想了一刻，他就说："'适者生存'中的'适'字怎么样？"我表同意，先用来做笔名，最后于一九一〇年就用作我的名字。

六

我对于达尔文与斯宾塞两氏进化假说的一些知识,很容易地与几个中国古代思想家的自然学说连了起来。例如在道家伪书《列子》所述的下面这个故事中,发现两千年前有一个一样年轻,同抱一样信仰的人,使我的童心欢悦:

齐田氏祖于庭,食客千人。中坐有献鱼雁者,田氏视之,乃叹曰:"天之于民厚矣!殖五谷,生鱼鸟,以为之用。"众客和之如响。鲍氏之子,年十二,预于次,进曰:"不如君言。天地万物,与我并生,类也。类无贵贱,徒以大小智力而相制,迭相食,非相为而生之。人取可食者而食之,岂天本为人而生?且蚊蚋噆肤,虎狼食肉,岂天本为蚊蚋生人,虎狼生肉者哉?"

一九〇六年,我在中国公学同学中,有几位办了一个定期刊物,名《竞业旬报》——达尔文学说通行的又一例子——其主旨在以新思想灌输于未受教育的民众,系以白话刊行。我被邀在创刊号撰稿。一年之后,我独自做编辑。我编辑这个杂志的工作不但帮助我启发运用现行口语为一种文艺工具的才能,且以明白的话语及合理的次序,想出自我幼年就已具了形式的观念和思想。在我为这个杂志所著的许多论文内,我猛力攻击人民的迷信,且坦然主张毁弃神道,兼持无神论。

一九〇八年,我家因营业失败,经济大感困难。我于十七岁上,就必需供给我自己读书,兼供养家中的母亲。我有一年多停学，教授初等英文，每日授课五小时，月得修金八十元。一九一〇年，我教了几个月的国文。

那几年（1909—1910）是中国历史上的黑暗时代，也是我个人历史上的黑暗时代。革命在好几省内爆发，每次都归失败。中国公学原是革命活动的中心，我在那里的旧同学参加此等密谋的实繁有徒，丧失生命的为数也不少。这班"政治犯"有好些来到上海与我住在一起，我们都是意气消沉，厌世悲观的。我们喝酒，作悲观的诗词，日夜谈论，且往往作没有输赢的赌博。我们甚至还请了一个老伶工来教我们唱戏。有一天早上，我作了一首诗，中有这一句："霜浓欺日淡！"（此诗的英译文是："How proudly does the wintry frost scorn the powerless rays of the sun."）

意气消沉与执劳任役驱使我们走入了种种的流浪放荡。有一个雨夜，我喝酒喝得醺醺大醉，在镇上与巡捕角斗，把我自己弄进监里去关了一夜。到我次晨回寓，在镜中看出我脸上的血痕，就记起李白饮酒歌中的这一句："有人用武力，任出吾身物。"（Some use might yet be made of this material born in me.）我决心脱离教书和我的这班朋友。下了一个月的苦工夫，我就前往北京投考用美国退还庚子赔款所设的学额。我考试及格，即于七月间放洋赴美。

七

我到美国，满怀悲观，但不久便交结了些朋友，对于那个国家和人民都很喜爱。美国人出自天真的乐观与朝气给了我很好的印象。在这个地方，似乎无一事一物不能由人类智力做得成的。

我不能避免这种对于人生持有喜气的眼光的传染，数年之间，就渐渐治疗了我少年老成的态度。

我第一次去看足球比赛时，我坐在那里以哲学的态度看球赛时的粗暴及狂叫欢呼为乐，而这种狂叫欢呼在我看来，似乎是很不够大学生的尊严的，但是到竞争愈渐激烈，我也就开始领悟这种热心。随后我偶然回头望见白了头发的植物学教授劳理先生（Mr. W. W. Rowlee）诚心诚意地在欢呼狂叫，我觉得如是的自惭，以致我不久也就热心地陪着众人欢呼了。

就是在民国初年最黑暗的时期内，我还是想法子打起我的精神。在致一个华友的信里面，我说道："除了你我自己灰心失意，以为无希望外，没有事情是无希望的。"在我的日记上，我记下些引录的句子，如引克洛浦（Clough）的这一句："如果希望是麻醉物，恐惧就是作伪者。"又如我自己译自勃朗宁的这一节诗：

从不转背而挺身向前，
从不怀疑云要破裂，
虽合理的弄糟，违理的战胜，
而从不作迷梦的，
相信我们沉而再升，败而再战，
睡而再醒。

一九一四年一月，我写这一句在我的日记上："我相信我自离开中国后，所学得的最大的事情，就是这种乐观的人生哲学了。"一九一五年，我以关于勃朗宁最优的论文得受柯生奖金（Hiram Corson Prize）。我论文的题目是《勃朗宁乐观主义辩》（*In*

Defense of Browning's Optimism)。我想来大半是我渐次改变了的人生观使我于替他辩护时,以一种诚信的意识来发言。

我系以在康奈尔大学做纽约农科学院的学生开始我的大学生涯。我的选择是根据了当时中国盛行的,谓中国学生须学点有用的技艺,文学、哲学是没有什么实用的这个信念。但是也有一个经济的动机。农科学院当时不收学费,我心想或许还能够把每月的月费省下一部分来汇给我的母亲。

农场上的经验我一点都不曾有过,并且我的心也不在农业上。一年级的英国文学及德文课程,较之农场实习和养果学,反使我感觉兴趣。踌躇观望了一年又半,我最后转入文理学院,受一次缴纳四个学期的学费,就是使我受八个月困境的处分。但是我对于我的新学科觉得更为自然,从不懊悔这番改变。

有一科《欧洲哲学史》——归故克莱顿教授(Professor J. E. Creighton)那位恩师主持——领导我以哲学做了主科。我对于英国文学与政治学也深有兴趣。康奈尔的哲学院(The Sage School of Philosophy)是唯心论的重镇。在其领导之下,我读了古代近代古典派哲学家比较重要的著作,我也读过晚近唯心论者如布拉特莱(Bradley)、鲍桑葵(Bosanquet)等的作品,但是他们提出的问题从未引起我的兴趣。

一九一五年,我往哥伦比亚大学(Columbia University),就学于杜威教授(Professor John Dewey),直至一九一七年我回国之时为止。得着杜威的鼓励,我著成我的论文《先秦名学史》这篇论文,使我把中国古代哲学著作重读一过,并立下我对于中国思想史的一切研究的基础。

199

八

我留美的七年间，我有许多课外的活动，影响我的生命和思想，说不定也与我的大学课业一样。当意志颓唐的时候，我对于基督教大感兴趣，且差不多把《圣经》读完。一九一一年夏，我出席于在宾夕法尼亚（Pennsylvania）普柯诺派恩司（Pocono Pines）举行的中国基督教学生会的大会做来宾时，我几乎打定主意做基督徒。

但是我渐渐地与基督教脱离，虽则我对于其发达的历史曾多有习读，因为有好久时光我是一个信仰无抵抗主义的信徒。耶稣降生前五百年，中国哲学家老子曾传授过"上善若水，水善应万物而不争"。我早年接收老子的这个教训，使我大大地爱着《登山宝训》。一九一四年，世界大战爆发，我深为比利时的命运所动，而成了一个确定的无抵抗者。我在康奈尔大同俱乐部（Cornell Cosmopolitan Club）住了三年，结交了许多各种国籍的热心朋友。受着像那士密氏（George Nasmyth）和麦慈（John Mez）那样唯心的平和论者的影响，我自己也成了一个热心的平和论者。大学废军联盟因维腊特（Oswald Garrison Villard）的提议而成立于一九一五年，我是其创办人之一。

到后来，各国际政体俱乐部（International Polity Clubs）成立，我在那士密氏和安格尔（Norman Angell）的领导之下，做了一个最活动的会员，且曾参加过其起首两届的年会。一九一六年，我以我的论文《国际关系中有代替武力的吗？》（*Is There a Substitute for Force in International Relations?*）得受国际政体俱乐部的奖金。在这篇论文里面，我阐明依据以法律为有组织的武力建立一个国际联盟的哲理。

我的平和主义与国际大同主义往往使我陷入十分麻烦的地位。日本由攻击德国在山东的殖民地以加入世界大战时，向世界宣布说，这些领土"终将归还中国"。我是留美华人中唯一相信这个宣言的人，并以文字辩驳说，日本于其所言，说不定是意在必行的。关于这一层，我为许多同辈的学生所嘲笑。及一九一五年日本提出有名的对华二十一条件，留美学生，人人都赞成立即与日本开战。我写了一封公开的信给《中国留美学生月报》，劝告处之以温和，持之以冷静。我为这封信受了各方面的严厉攻击，且屡被斥为卖国贼。战争是因中国接受一部要求而得避免了，但德国在华领土则直至七年之后才交还中国。

我读易卜生（Ibsen）、莫黎（John Morley）和赫胥黎诸氏的著作，教我思考诚实与发言诚实的重要。我读过易卜生所有的戏剧，特别爱看《人民之敌》（An Enemy of the People）、莫黎的《论妥协》（On Compromise），先由我的好友威廉思女士（Miss Edith Clifford Williams）介绍给我，她是一直做了左右我生命最重要的精神力量。莫黎曾教我："一种主义，如果健全的话，是代表一种较大的便宜的。为了一时似是而非的便宜而将其放弃，乃是为小善而牺牲大善。疲弊时代，剥夺高贵的行为和向上的品格，再没有什么有这样拿得定的了。"

赫胥黎还更进一步教授一种理知诚实的方法。他单单是说："拿也如同可以证明我相信别的东西为合理的那种种证据来，那么我就相信人的不朽了。向我说类比和或能是无用的。我说我相信倒转平方律时，我是知道我意何所指的，我必不把我的生命和希望放在较弱的信证上。"赫胥黎也曾说过:"一个人生命中最神圣的举动,就是说出并感觉得我相信某项某项是真的。生在世上一切最大的赏,一切最重要的罚,都是系在这个举动上。"

人生最神圣的责任是努力思想得好(to think well),我就是从杜威教授学来的。或思想得不精,或思想而不严格得到它的前因后果,接受现成的整块的概念以为思想的前提,而于不知不觉间受其个人的影响,或多把个人的观念由造成结果而加以测验,在理知上都是没有责任心的。真理的一切最大的发现,历史上一切最大的灾祸,都有赖于此。

杜威给了我们一种思想的哲学,以思想为一种艺术,为一种技术。在《思维术》(*How To Think*)和《实验逻辑论文集》(*Essays in Experimental Logic*)里面,他制出这项技术。我察出不但于实验科学上的发明为然,即于历史科学上最佳的探讨、内容的详定、文字的改造,及高等的批评等也是如此。在这种种境域内,曾由同是这个技术而得到最佳的结果。这个技术主体上是具有大胆提出假设,和(加)上诚恳留意于制裁与证实。这个实验的思想技术,堪当"创造的智力"(creative intelligence)这个名称,因其在运用想象机智以寻求证据、做成实验上,和在自思想有成就的结实所发出满意的结果上,实实在在是有创造性的。

奇怪之极,这种功利主义的逻辑竟使我变成了一个做历史探讨工作的人。我曾用进化的方法去思想,而这种有进化性的思想习惯,就做了我此后在思想史及文学工作上的成功之钥。尤更奇怪的,这个历史的思想方法并没有使我成为一个守旧的人,而时常是进步的人。例如,我在中国对于文学革命的辩论,全是根据无可否认的历史进化的事实，且一向都非我的对方所能答复得来的。

九

我母亲于一九一八年逝世。她的逝世，就是引导我把我在这广大世界中摸索了十四年多些的信条第一次列成条文的时机。这个信条系于一九一九年发表在以《不朽——我的宗教》（*Immortality, My Religion*）为题的一篇文章里面。

因有我在幼童时期读书得来的学识，我早久就已摒弃了个人死后生存的观念了。好多年来，我都是以一种"三不朽"的古说为满意，这种古说我是在《春秋左传》里面找出来的。传记里载贤臣叔孙豹于公元前五四八年谓有立德、立功、立言三不朽。此三者"虽久不忘，此之谓不朽"。这种学说引动我心有如是之甚，以致我每每向我的外国朋友谈起，并给了它一个名字，叫做"三W的不朽主义"（三W即Worth, Work, Words三字的头一个字母）。

我母亲的逝世使我重新想到这个问题。我就开始觉得"三不朽"的学说有修正的必要。第一层，其弱点在太过概括一切。在这个世界上，有多少人其在德行、功绩、言语上的成就，其哲理上的智慧能久久不忘的呢？例如哥伦布是可以不朽了，但是他那些别的水手怎样呢？那些替他造船或供给他用具的人，那许多或由作有勇敢的思考，或由在海洋中作有成无成的探险、替他铺下道路的前导又怎样呢？简括地说，一个人应有多大的成就，才可以得不朽呢？

次一层，这个学说对于人类的行为没有消极的裁制。美德固是不朽的了，但是恶德又怎样呢？我们还要再去借重审判日或地狱之火吗？

我母亲的活动从未超出家庭间琐屑细事之外，但是她的左右力，能清清楚楚地从来吊祭她的男男女女的脸上看得出来。我检阅我已死的母亲的生平，我追忆我父亲个人对她毕生左右的力量，及其对我本身垂久的影响，我遂诚信一切事物都是不朽的。我们所做的一切什么人，我们所干的一切什么事，我们所讲的一切什么话，从在世界上某个地方自有其影响这个意义看来，都是不朽的。这个影响又将依次在别个地方有其效果，而此事又将继续入于无限的空间与时间。

正如莱布尼茨（Leibniz）有一次所说："人人都感觉到在宇宙中所经历的一切，以及那目睹一切的人，可以从经历其他各处的事物，甚至曾经并将识别现在的事物中，解识出在时间与空间上已被移动的事物。我们是看不见一切的，但一切事物都在那里，达到无穷境无穷期。"一个人就是他所吃的东西，所以达柯塔的务农者、加利芳尼亚的种果者，以及千百万别的粮食供给者的工作，都是生活在他的身上的。一个人就是他所想的东西，所以凡曾于他有所左右的人——自苏格拉底（Socrates）、柏拉图（Plato）、孔子以至于他本区教会的牧师和抚育保姆——都是生活在他的身上的。一个人也就是他所享乐的东西，所以无数美术家和以技取悦的人，无论现尚生存或久已物故，有名无名，崇高粗俗，都是生活在他的身上的。诸如此类，以至于无穷。

一千四百年前，有一个人写了一篇论"神灭"的文章，被认为亵渎神圣，有如是之甚，以致其君皇敕七十个大儒来相驳难，竟给其驳倒。但是五百年后，有一位史家把这篇文章在他的伟大的史籍中纪了一个撮要。又过了九百年，然后有一个十一岁的小孩偶然碰到这个三十五个字的简单撮要，而这三十五个字，于埋没了一千四百年之后，突然活了起来而生活于他的身上，更由他而生活于几千百个男男女女的身上。

一九一二年，我的母校来了一位英国讲师，发表一篇演说，《论中国建立共和的不可能》。他的演讲当时我觉得很为不通，但是我以他对于母音"O"的特异的发音方法为有趣，我就坐在那里摹拟以自娱。他的演说久已忘记了，但是他对于母音"O"的发音方法，这些年来却总与我不离，说不定现在还在我的几千百个学生的口上，而从没有觉察到是由于我对于布兰特先生（Mr. J. C.P.Bland）的恶作剧地模仿，而布兰特先生也是从不知道的。

两千五百年前，喜马拉雅山的一个山峡里死了一个乞丐。他的尸体在路旁已在就腐了，来了一个少年王子，看见这个怕人的景象，就从事思考起来。他想到人生及其他一切事物的无常，遂决心脱离家庭，前往旷野中去想出一个自救以救人类的方法。多年后，他从旷野里出来，做了释迦佛，而向世界宣布他所找出的拯救的方法。这样，甚至一个死丐尸体的腐溃，对于创立世界上一个最大的宗教，也曾不知不觉地贡献了其一部分。

这一个推想的线索引导我信了可以称为"社会不朽"（Social Immortality）的宗教，因为这个推想在大体上全系根据于社会对我的影响，日积月累而成"小我"，"小我"对于其本身是些什么，对于可以称社会、人类或大自然的那个"大我"有些什么施为，都留有一个抹不去的痕记这番意思。"小我"是会要死的，但是他还是继续存活在这个"大我"身上。这个"大我"乃是不朽的，他的一切善恶功罪，他的一切言行思想，无论是显著的或细微的，对的或不对的，有好处或有坏处——样样都是生存在其对于"大我"所产生的影响上。这个"大我"永远生存，做了无数"小我"胜利或失败的垂久宏大的佐证。

这个社会不朽的概念之所以比中国古代"三不朽"学说更为满意，就在于包括英雄圣贤，也包括贱者微者，包括美德，也包括恶德，包括功德，也包括罪孽。就是这项承认善的不朽，也承认恶的不朽，才构成这种学说道德上的许可。一个死尸的腐烂可以创立一个宗教，但也可以为患全个大陆。一个酒店侍女偶发一个议论，可以使一个波斯僧侣豁然大悟，但是一个错误的政治或社会改造议论，却可以引起几百年的杀人流血。发现一个极微的杆菌，可以福利几千百万人，但是一个害痨的人吐出的一小点痰涎，也可以害死大批的人，害死几世几代。

人所做的恶事，的确是在他们身后还存在的！就是明白承认行为的结果才构成我们道德责任的意识。"小我"对于较大的社会的"我"负有巨大的债项，把他干的什么事情，做的什么思想，做的什么人物，概行对之负起责任，乃是他的职分。人类之为现在的人类，固是由我们祖先的智行愚行所造而成，但是到我们做完了我们分内时，我们又将由人类将成为怎么样而受裁判了。我们要说"我们之后是大灾大厄"吗？抑或要说"我们之后是幸福无疆"吗？

十

一九二三年，我又得了一个时机把我们信条列成更普通的条文。地质学家丁文江氏所著,在我所主编的一个周报上发表,论《科学与人生观》的一篇文章,开始了一场差不多延持了一个足年的长期论战。在中国凡有点地位的思想家,全都曾参与其事。到一九二三年终,由某个善经营的出版家把这个论战的文章收集起来,字数竟达二十五万。我被请为这个集子作序。我的序言给这本已卷帙繁重的文集又加了一万字。而以我所拟议的"新宇宙观和新人生观的轮廓"为结论,不过有些含有敌意的基督教会,却以恶作剧的口吻,称其为"胡适的新'十诫'",我现在为其自有其价值而选译出来。

（1）根据于天文学和物理学的知识,叫人知道空间的无限之大。

（2）根据于地质学及古生物学的知识,叫人知道时间的无穷之长。

（3）根据于一切科学,叫人知道宇宙及其中万物的运行变迁皆是自然的——自己如此的——正用不着什么超自然的主宰或造物者。

（4）根据于生物学的科学知识,叫人知道生物界的生存竞争的浪费与残酷——因此叫人更可以明白那"有好生之德"的主宰的假设是不能成立的。

（5）根据于生物学、生理学、心理学的知识,叫人知道人不过是动物的一种,他和别种动物只有程序的差异,并无种类的区别。

（6）根据于生物的科学及人类学、人种学、社会学的知识,叫人知道生物及人类社会演进的历史和演进的原因。

（7）根据于生物的及心理的科学,叫人知道一切心理的现象都是有因的。

（8）根据于生物学及社会学的知识，叫人知道道德礼教是变迁的，而变迁的原因都是可以用科学的方法寻求出来的。

（9）根据于新的物理化学的知识，叫人知道物质不是死的，是活的；不是静的，是动的。

（10）根据于生物学及社会学的知识，叫人知道个人——"小我"——是要死灭的，而人类——"大我"——是不死的，不朽的；叫人知道"为全种万世而生活"就是宗教，就是最高的宗教。而那些替个人谋死后的"天堂""净土"的宗教，乃是自私自利的宗教。

我结论道："这种新人生观是建筑在二三百年的科学常识之上的一个大假设，我们也许可以给他加上'科学的人生观'的尊号。但为避免无谓的争论起见，我主张叫他做'自然主义的人生观'。

"我们在那个自然主义的宇宙里，在那无穷之大的空间里，在那无穷之长的时间里，这个平均高五尺六寸，上寿不过百年的两手动物——人——真是一个藐乎其小的微生物了。在那个自然主义的宇宙里，天行是有常度的，物变是有自然法则的，因果的大法支配着他——人——的一切生活，生存竞争的惨剧鞭策着他的一切行为——这个两手动物的自由真是很有限的了。

"然而那个自然主义的宇宙里的这个渺小的两手动物，却也有他的相当的地位和相当的价值。他用的两手和一个大脑，居然能做出许多器具，想出许多方法，造成一点文化。他不但驯服了许多禽兽，他还能考究宇宙间的自然法则，利用这些法则来驾驭天行，到现在他居然能叫电气给他赶车，以太阳给他送信了。

"他的智慧的长进就是他的能力的增加。然而智慧的长进又使他的胸襟扩大,想象力提高。他也曾拜物拜畜生,也曾怕神怕鬼,但他现在渐渐地脱离了这种种幼稚的时期,他现在渐渐明白:空间之大只增加他对于宇宙的美感,时间之长只使他格外明了祖宗创业之艰难,天行之有常只提高他制裁自然界的能力。

"甚至于因果律之笼罩一切,也并不见得束缚他的自由。因为因果律的作用,一方面使他可以由因求果,由果推因,解释过去,预测未来;一方面又使他可以运用他的智慧,创造新因,以求新果。甚至于生存竞争的观念也并不见得就使他成为一个冷酷无情的畜生,也许还可以格外增加他对于同类的同情心,格外使他深信互助的重要,格外使他注重人为的努力,以减免天然竞争的残酷与浪费。总而言之,这个自然主义的人生观里,未尝没有美,未尝没有诗意,未尝没有道德的责任,未尝没有充分运用创造的智慧的机会。"

(原载1931年1、2月号美国《论坛报》)

赠与今年的大学毕业生

这一两个星期里，各地的大学都有毕业的班次，都有很多的毕业生离开学校去开始他们的成人事业。学生的生活是一种享有特殊优待的生活，不妨幼稚一点，不妨吵吵闹闹，社会都能纵容他们，不肯严格地要他们负行为的责任。现在他们要撑起自己的肩膀来挑他们自己的担子了。在这个国难最紧急的年头，他们的担子真不轻！我们祝他们的成功，同时也不忍不依据我们自己的经验，赠与他们几句送行的赠言——虽未必是救命毫毛，也许作个防身的锦囊罢！

你们毕业之后，可走的路不出这几条：绝少数的人还可以在国内或国外的研究院继续做学术研究，少数的人可以寻着相当的职业；此外还有做官、办党、革命三条路；此外就是在家享福或者失业闲居了。第一条继续求学之路，我们可以不讨论。走其余几条路的人，都不能没有堕落的危险。堕落的方式很多，总括起来，约有这两大类。

第一是容易抛弃学生时代的求知识的欲望。你们到了实际社会里，往往所用非所学，往往所学全无用处，往往可以完全用不着学问，而一样可以胡乱混饭吃、混官做。在这种环境里，即使向来抱有求知识学问的决心的人，也不免心灰意懒，把求知的欲望渐渐冷淡下去。况且学问是要有相当的设备的：书籍、试验室、师友的切磋指导、闲暇的工夫。都不是一个平常要糊口养家的人所能容易办到的。没有做学问的环境，谁又能怪我们抛弃学问呢？

第二是容易抛弃学生时代的理想的人生的追求。少年人初次与冷酷的社会接触，容易感觉理想与事实相去太远，容易悲观和失望。多年怀抱的人生理想，改造的热诚、奋斗的勇气，到此时候，好像全不是那么一回事，渺小的个人在那强烈的社会炉火里，往往经不起长时期的烤炼就熔化了，一点高尚的理想不久就幻灭了。抱着改造社会的梦想而来，往往是弃甲曳兵而走，或者做了恶势力的俘虏。你在那俘房牢狱里，回想那少年气壮时代的种种理想主义，好像都成了自误误人的迷梦！从此以后，你就甘心放弃理想的人生的追求，甘心做现成社会的顺民了。

要防御这两方面的堕落，一面要保持我们求知识的欲望，一面要保持我们对于理想人生的追求。有什么好法子呢？依我个人的观察和经验，有三种防身的药方是值得一试的。

第一个方子只有一句话："总得时时寻一两个值得研究的问题！"问题是知识学问的老祖宗；古今来一切知识的产生与积聚，都是因为要解答问题，要解答实用上的困难或理论上的疑难。所谓"为知识而求知识"，其实也只是一种好奇心追求某种问题的解答，不过因为那种问题的性质不必是直接应用的，人们就觉得这是"无所为"的求知识了。我们出学校之后，离开了做学问的环境，如果没有一两个值得解答的疑难问题在脑子里盘旋，就很难继续保持追求学问的热心。可是，如果你有了一个真有趣的问题天天逗你去想它，天天引诱你去解决它，天天对你挑衅笑你无可奈何它——这时候，你就会同恋爱一个女子发了疯一样，坐也坐不下，睡也睡不安，没工夫也得偷出工夫去陪她，没钱也得撙衣节食去巴结她。没有书，你自会变卖家私去买书；没有仪器，你自会典押衣服去置办仪器；没有师友，你自会不远千里去寻师访友。你只要能时时有疑难问题来逼你用脑子，你自然会保持发展你对学问的兴趣，即使在最贫乏的知识环境中，你也会慢慢地聚起一个小图书馆来，或者设置起一所小试验室来。所以我说：第一要寻问题。脑子里没有问题之日，就是你的知识生活寿终正寝之时！古人说："待文王而兴者，凡民也。若夫豪杰之士，虽无文王犹兴。"试想伽利略（Calileo）和牛顿（Newton）有多少藏书？有多少仪器？他们不过是有问题而已。有了问题而后，他们自会造出仪器来解答他们的问题。没有问题的人们，关在图书馆里也不会用书，锁在试验室里也不会有什么发现。

第二个方子也只有一句话："总得多发展一点非职业的兴趣。"离开学校之后，大家总得寻个吃饭的职业。可是你寻得的职业未必就是你所学的，或者未必是你所心喜的，或者是你所学而实在和你的性情不相近的。在这种状况之下，工作就往往成了苦工，就不感觉兴趣了。为糊口而做那种非"性之所近而力之所能勉"的工作，就很难保持求知的兴趣和生活的理想主义。最好的救济方法只有多多发展职业以外的正当兴趣与活动。一个人应该有他的职业，又应该有他的非职业的玩意儿，可以叫作业余活动。凡一个人用他的闲暇来做的事业，都是他的业余活动。往往他的业余活动比他的职业还更重要，因为一个人的前程往往全靠他怎样用他的闲暇时间。他用他的闲暇来打麻将，他就成个赌徒；你用你的闲暇来做社会服务，你也许成个社会改革者；或者你用你的闲暇去研究历史，你也许成个史学家。你的闲暇往往定你的终身。英国十九世纪的两个哲人，弥儿（J.S.Mill）终身做东印度公司的秘书，然而他的业余工作使他在哲学上、经济学上、政治思想史上都占一个很高的位置；斯宾塞（Spencer）是一个测量工程师，然而他的业余工作使他成为前世纪晚期世界思想界的一个重镇。古来成大学问的人，几乎没有一个不是善用他的闲暇时间的。特别在这个组织不健全的中国社会，职业不容易适合我们性情，我们要想生活不苦痛或不堕落，只有多方发展业余的兴趣，使我们的精神有所寄托，使我们的剩余精力有所施展。有了这种心爱的玩意儿，你就做六个钟头的抹桌子工夫也不会感觉烦闷了，因为你知道，抹了六个钟头的桌子之后，你可以回家去做你的化学研究，或画完你的大幅山水，或写你的小说戏曲，或继续你的历史考据，或做你的社会改革事业。你有了这种称心如意的活动，生活就不枯寂了，精神也就不会烦闷了。

第三个方子也只有一句话："你总得有一点信心。"我们生在这个不幸的时代，眼中所见，耳中所闻，无非是叫我们悲观失望的。特别是在这个年头毕业的你们，眼见自己的国家民族沉沦到这步田地，眼看世界只是强权的世界，望极天边好像看不见一线的光明——在这个年头不发狂自杀，已算是万幸了，怎么还能够希望保持一点内心的镇定和理想的信任呢？我要对你们说：这时候正是我们要培养我们的信心的时候！只要我们有信心，我们还有救。古人说："信心（Faith）可以移山。"又说，"只要工夫深，生铁磨成绣花针。"你不信吗？当拿破仑的军队征服普鲁士占据柏林的时候,有一位穷教授叫作菲希特(Johann Gottlieb Fichte)的,天天在讲堂上劝他的国人要有信心,要信仰他们的民族是有世界的特殊使命的,是必定要复兴的。菲希特死的时候(1814),谁也不能预料德意志统一帝国何时可以实现。然而不满五十年,新的统一的德意志帝国居然实现了。

一个国家的强弱盛衰,都不是偶然的,都不能逃出因果的铁律的。我们今日所受的苦痛和耻辱,都只是过去种种恶因种下的恶果。我们要收将来的善果,必须努力种现在的新因。一粒一粒地种,必有满仓满屋的收,这是我们今日应该有的信心。

我们要深信:今日的失败,都由于过去的不努力。

我们要深信:今日的努力,必定有将来的大收成。

佛典里有一句话:"福不唐捐。"唐捐就是白白地丢了。我们也应该说:"功不唐捐!"没有一点努力是会白白地丢了的。在我们看不见想不到的时候,在我们看不见想不到的方向,你瞧!你种下的种子早已生根发叶开花结果了!

你不信吗?法国被普鲁士打败之后,割了两省地,赔了五十万万法郎的赔款。这时候有一位刻苦的科学家巴斯德(Pteur)终日埋头在他的试验室里做他的化学试验和微菌学研究。他是一个最爱国的人,然而他深信只有科学可以救国。他用一生的精力证明了三个科学问题:(一)每一种发酵作用都是由于一种微菌的发展;(二)每一种传染病都是由于一种微菌在生物体中的发展;(三)传染病的微菌,在特殊的培养之下,可以减轻毒力,使它从病菌变成防病的药苗。这三个问题,在表面上似乎都和救国大事业没有多大的关系。然而从第一个问题的证明中,巴斯德定出做醋酿酒的新法,使全国的酒醋业每年减除极大的损失。从第二个问题的证明中，巴斯德教全国的蚕丝业怎样选种防病，教全国的畜牧农家怎样防止牛羊瘟疫，又教全世界的医学界怎样注重消毒以降低外科手术的死亡率。从第三个问题的证明中，巴斯德发明了牲畜的脾热瘟的治疗药苗，每年替法国农家减除了二千万法郎的大损失；又发明了疯狗咬毒的治疗法，救济了无数的生命。所以英国的科学家赫胥黎（Huxley）在皇家学会里称颂巴斯德的功绩道："法国给了德国五十万万法郎的赔款，巴斯德先生一个人研究科学的成绩足够还清这一笔赔款了。"巴斯德对于科学有绝大的信心，所以他在国家蒙奇辱大难的时候，终不肯抛弃他的显微镜与试验室。他绝不想他的显微镜底下能偿还五十万万法郎的赔款，然而在他看不见想不到的时候，他已收获了科学救国的奇迹了。

朋友们，在你最悲观最失望的时候，那正是你必须鼓起坚强的信心的时候。你要深信：天下没有白费的努力。成功不必在我，而功力必不唐捐。

（原载1932年7月《独立评论》第7号）

信心与反省

这一期（《独立》103期）里有寿生先生的一篇文章，题为"我们要有信心"。在这文里，他提出一个大问题：中华民族真不行吗？他自己的答案：我们是还有生存权的。

我很高兴我们的青年在这种恶劣空气里还能保持他们对于国家民族前途的绝大信心。这种信心是一个民族生存的基础，我们当然是完全同情的。

可是我们要补充一点：这种信心本身要建筑在稳固的基础之上，不可站在散沙之上，如果信仰的根据不稳固，一朝根基动摇了，信仰也就完了。

寿生先生不赞成那些旧人"拿什么五千年的古国哟，精神文明哟，地大物博哟，来遮丑"。这是不错的，然而他自己提出的民族信心的根据，依我看来，文字上虽然和他们不同，实质上还是和他们同样地站在散沙之上，同样地挡不住风吹雨打。例如他说：

我们今日之改进不如日本之速者，就是因为我们的固有文化太丰富了。富于创造性的人，个性必强，接受性就较缓。

这种思想在实质上和那五千年古国精神文明的迷梦是同样的无稽的夸大。

第一，他的原则"富于创造性的人，个性必强，接受性就较缓"，这个大前提就是完全无稽之谈，就是懒惰的中国士大夫捏造出来替自己遮丑的胡说。事实上恰是相反的：凡富于创造性的人必敏于模仿，凡不善模仿的人绝不能创造。创造是一个最误人的名词，其实创造只是模仿到十足时的一点点新花样。古人说得最好："太阳之下，没有新的东西。"一切所谓创造都从模仿出来。我们不要被新名词骗了。新名词的模仿就是旧名词的"学"字，"学之为言效也"是一句不磨的老话。例如学琴，必须先模仿琴师弹琴，学画必须先模仿画师作画，就是画自然界的景物，也是模仿。模仿熟了，就是学会了，工具用得熟了，方法练得细密了，有天才的人自然会"熟能生巧"，这一点功夫到时的奇巧新花样就叫做创造。凡不肯模仿，就是不肯学人的长处。不肯学如何能创造？伽利略（Galileo）听说荷兰有个磨镜匠人做成了一座望远镜，他就依他听说的造法，自己制造了一座望远镜。这就是模仿，也就是创造。从十七世纪初年到如今，望远镜和显微镜都年年有进步，可是这三百年的进步，步步是模仿，也步步是创造。一切进步都是如此：没有一件创造不是先从模仿下手的。孔子说得好：三人行，必有我师焉；择其善者而从之，其不善者而改之。

这就是一个圣人的模仿。懒人不肯模仿，所以绝不会创造。

一个民族也和个人一样，最肯学人的时代就是那个民族最伟大的时代；等到他不肯学人的时候，他的盛世已过去了，他已走上衰老僵化的时期了。我们中华民族最伟大的时代，正是我们最肯模仿四邻的时代：从汉到唐宋，一切建筑、绘画、雕刻、音乐、宗教、思想、算学、天文、工艺，哪一件里没有模仿外国的重要成分？佛教和他带来的美术建筑，不用说了。最近三百年的历法是完全学西洋的，更不用说了。到了我们不肯学人家的好处的时候，我们的文化也就不进步了。我们到了民族中衰的时代，只有懒劲学印度人的吸食鸦片，却没有精力学满洲人的不缠脚，那就是我们自杀的法门了。

第二，我们不可轻视日本人的模仿。寿生先生也犯了一般人轻视日本的恶习惯，抹杀日本人善于模仿的绝大长处。日本的成功，正可以证明我在上文说的"一切创造都从模仿出来"的原则。寿生说："从唐以至日本明治维新，千数百年间，日本有一件事足为中国取镜者吗？中国的学术思想在他手里去发展改进过吗？我们实无法说有。"

这又是无稽的诬告了。三百年前，朱舜水到日本，他居留久了，能了解那个岛国民族的优点，所以他写信给中国的朋友说，日本的政治虽不能上比唐虞，可以说比得上三代盛世。这是一个中国大学者在长期寄居之后下的考语，是值得我们的注意的。日本民族的长处全在他们肯一心一意地学别人的好处。他们学了中国的无数好处，但始终不曾学我们的小脚、八股文、鸦片烟。这不够"为中国取镜"吗？他们学别国的文化，无论在哪一方面，凡是学到家的，都能有创造的贡献。这是必然的道理。浅见的人都说日本的山水人物画是模仿中国的，其实日本画自有他的特点，在人物方面的成绩远胜过中国画，在山水方面也没有走上四王的笨路。在文学方面，他们也有很大的创造。近年已有人赏识日本的小诗了。我且举一个大家不甚留意的例子。文学史家往往说日本的《源氏物语》等作品是模仿中国唐人的小说《游氏窟》等书的。现今《游仙窟》已从日本翻印回中国来了，《源氏物语》也有了英国人卫来先生（Arthur Waley）的五巨册的译本。我们若比较这两部书，就不能不惊叹日本人创造力的伟大。如果"源氏"真是从模仿《游仙窟》出来的，那真是徒弟胜过师傅千万倍了！寿生先生原文里批评日本的工商业，也是中了成见的毒。日本今日工商业的长足发展，它的根基实在是全靠科学与工商业的进步。今日大阪与兰肯歇的竞争，骨子里还是新式工业与旧式工业的竞争。日本今日自造的纺织器是世界各国公认为最新、最良的。今日英国纺织业也不能不购买日本的新机器了。这是从模仿到创造的最好的例子。不然，我们工人的工资比日本更低，货币平常也比日本钱更贱，为什么我们不能"与他国资本家抢商场"呢？我们到了今日，若还要抹煞事实，笑人模仿，而自居于"富于创造性者"的不屑模仿，那真是盲目的夸大狂了。

第三，再看看"我们的固有文化"是不是真的"太丰富了"。寿生和其他夸大本国固有文化的人们，如果真肯平心想想，必然也会明白这句话也是无根的乱谈。这个问题太大，不是这篇短文里所能详细讨论的，我只能指出几个比较重要之点，使人明白我们的固有文化实在是很贫乏的，谈不到"太丰富"的梦话。近代的科学文化、工业文化，我们可以撇开不谈，因为在那些方面，我们的贫乏未免太丢人了。我们且谈谈老远的过去时代罢。我们的周秦时代当然可以和希腊罗马相提并论，然而我们如果平心研究希腊罗马的文学、雕刻、科学、政治，单是这四项就不能不使我们感觉我们的文化的贫乏了。尤其是造形美术与算学的两方面，我们真不能不低头愧汗。我们试想想，《几何原本》的作者欧几里得（Euclid）正和孟子先后同时，在那么早的时代，在两千多年前，我们在科学上早已太落后了！（少年爱国的人何不试拿《墨子·经上》篇里的三五条几何学界说来比较《几何原本》？）从此以后，我们所有的，欧洲也都有；我们所没有的，人家所独有的，人家都比我们强。试举一个例子：欧洲有三个一千年的大学，有许多个五百年以上的大学，至今继续存在，继续发展，我们有没有？至于我们所独有的宝贝、骈文、律诗、八股、小脚、太监、姨太太、五世同居的大家庭、贞节牌坊、地狱活现的监狱、廷杖、板子夹棍的法庭……虽然"丰富"，虽然"在这世界无不足以单独成一系统"，究竟都是使我们抬不起头来的文物制度。即如寿生先生指出的"那更光辉万丈"的宋明理学，说起来也真正可怜！讲了七八百年的理学，没有一个理学圣贤起来指出裹小脚是不人道的野蛮行为，只见大家崇信"饿死事极小，失节事极大"的吃人礼教：请问那万丈光辉究竟照耀到哪里去了？

　　以上说的，都只是略略指出寿生先生代表的民族信心是建筑在散沙上面，经不起风吹草动，就会倒塌下来的。信心是我们需要的，但无根据的信心是没有力量的。

　　可靠的民族信心，必须建筑在一个坚固的基础之上，祖宗的光荣自是祖宗之光荣，不能救我们的痛苦羞辱。何况祖宗所建的基业不全是光荣呢？我们要指出：我们的民族信心必须站在"反省"的唯一基础之上。反省就是要闭门思过，要诚心诚意地想，我们祖宗的罪孽深重，我们自己的罪孽深重，要认清了罪孽所在，然后我们可以用全部精力去消灾灭罪。寿生先生引了一句"中国不亡是无天理"的悲叹词句，他也许不知道这句伤心的话是我十三四年前在中央公园后面柏树下对孙伏园先生说的，第二天被他记在《晨报》上，就流传至今。我说出那句话的目的，不是要人消极，是要人反省；不是要人灰心，是要人起信心，发下大弘誓来忏悔；来替祖宗忏悔，替我们自己忏悔；要发愿造新因来替代旧日种下的恶因。

今日的大患在于全国人不知耻。所以不知耻者，只是因为不曾反省。一个国家兵力不如人，被人打败了，被人抢夺了一大块土地去，这不算是最大的耻辱。一个国家在今日还容许整个的省份遍种鸦片烟，一个政府在今日还要依靠鸦片烟的税收——公卖税、吸户税、烟苗税、过境税——来做政府的收入的一部分，这是最大的耻辱。一个现代民族在今日还容许他们的最高官吏公然提倡什么"时轮金刚法会""息灾利民法会"，这是最大的耻辱。一个国家有五千年的历史，而没有一个四十年的大学，甚至于没有一个真正完备的大学，这是最大的耻辱。一个国家能养三百万不能捍卫国家的兵，而至今不肯计划任何区域的国民义务教育，这是最大的耻辱。

真诚的反省自然发生真诚的愧耻。孟子说得好："不耻不若人，何若人有？"真诚的愧耻自然引起向上的努力，要发弘愿努力学人家的好处，铲除自家的罪恶。经过这种反省与忏悔之后，然后可以起新的信心：要信仰我们自己正是拨乱反正的人，这个担子必须我们自己来挑起。三四十年的天足运动已经差不多完全铲除了小脚的风气：从前大脚的女人要装小脚，现在小脚的女人要装大脚了。风气转移得这样快,这不够坚定我们的自信心吗?

历史的反省自然使我们明了今日的失败都因为过去的不努力,同时也可以使我们格外明晰"种瓜得瓜,种豆得豆"的因果铁律。铲除过去的罪孽只是割断已往种下的果。我们要收新果,必须努力造新因。祖宗生在过去的时代,他们没有我们今日的新工具,也居然能给我们留下了不少的遗产。我们今日有了祖宗不曾梦见的种种新工具,当然应该有比祖宗高明千百倍的成绩,才对得起这个新鲜的世界。日本一个小岛国,那么贫瘠的土地,那么少的人民,只因为大久保利通、西乡隆盛等几十个人的努力,只因为他们肯拼命地学人家,肯拼命地用这个世界的新工具,居然在半个世纪之内一跃而为世界三五大强国之一。这还不够鼓舞我们的信心吗?

反省的结果应该使我们明白那五千年的精神文明。那"光辉万丈"的宋明理学,那并不太丰富的固有文化,都是无济于事的银样镴枪头。我们的前途在我们自己的手里。我们的信心应该望在我们的将来。我们的将来全靠我们下什么种、出多少力。"播了种一定会有收获,用了力绝不至于白费":这是翁文灏先生要我们有的信心。

(原载1934年《独立评论》103期)

人生问题

1903年，我只有十二岁，那年12月17日，有美国的莱特弟兄做第一次飞机试验，用很简单的机器试验成功，因此美国定12月17日为飞行节。12月17日正是我的生日，我觉得我同飞行有前世因缘。我在前十多年，曾在广西飞行过十二天，那时我作了首《飞行小赞》，这算是关于飞行的很早的一首词。诸位飞过大西洋、太平洋，我在民国三十年（1941），在美国也飞过四万英里，这表示我同诸位不算很隔阂。

今天大家要我讲人生问题，这是诸位出的题目，我来交卷。

这是很大的问题，让我先下定义，但定义不是我的，而是思想界老前辈吴稚晖的。他说：人为万物之灵，怎么讲呢？第一，人能够用两只手做东西。第二，人的脑部比一切动物的都大，不但比哺乳动物大，并且比人的老祖宗猿猴的还要大。有这能做东西的两手和比一切动物都大的脑部，所以说人为万物之灵。

人生是什么？即是人在戏台上演戏，在唱戏。看戏有各种看法，即对人生的看法叫作人生观。但人生有什么意义呢？怎样算好戏？怎样算坏戏？我常想：人生意义就在我们怎样看人生。意义的大小浅深，全在我们怎样去用两手和脑部。人生很短，上寿不过百年，完全可用手脑做事的时候，不过几十年。有人说，人生是梦，是很短的梦。有人说，人生不过是肥皂泡。其实，就是最悲观的说法，也证实我上面所说人生的有没有意义，全看我们对人生的看法。就算他是做梦吧，也要做一个热闹的、轰轰烈烈的好梦，不要做悲观的梦。既然辛辛苦苦地上台，就要好好地唱个好戏，唱个像样子的戏，不要跑龙套。

人生不是单独的，人是社会的动物，他能看见和想象他所看不到的东西，他有能看到上至数百万年下至子孙百代的能力。无论是过去、现在，或将来，人都逃不了人与人的关系。比如这一杯茶（讲演桌上放着一杯玻璃杯盛的茶）就包括多少人的贡献，这些人虽然看不见，但从种茶、挑选，用自来水，自来水又包括电力等，这有多少人的贡献，这就可以看出社会的意义。我们的一举一动，也都有社会的意义，譬如我随便往地上吐口痰，经太阳晒干，风一吹起，如果我有痨病，风可以把病菌带给几个人到无数人。我今天讲的话，诸位也许有人不注意，也许有人认为没道理，也许说胡适之胡说，是瞎说八道，也许有人因我的话而去看看书，也许竟一生受此影响。一句话，一句格言，都能影响人。

我举一个极端的例子，两千五百年前，离尼泊尔不远地方，路上有一个乞丐死了，尸首正在腐烂。这时走来一位年轻的少爷叫Gotama，后来就是释迦牟尼佛，这位少爷是生长于深宫中不知穷苦的，他一看到尸首，问"这是什么？"人说这是死。他说："噢！原来死是这样子，我们都不能不死吗？"这位贵族少爷就回去想这问题，后来跑到森林中去想，想了几年，出来宣传他的学说，就是所谓佛学。这尸身腐烂一件事，就有这么大的影响。

飞机在莱特兄弟做试验时，是极简单的东西，经四十年的工夫，多少人聪明才智，才发展到今天。我们一举一动，一言一行，一点行为都可以有永远不能磨灭的影响。几年来的战争，都是由希特勒的一本《我的奋斗》闯的祸，这一本书害了多少人？反过来说，一句好话，也可以影响无数人，我讲一个故事。民国元年，有一个英国人到我们学堂讲话，讲的内容很荒谬，但他的"O"字的发音，同普通人不一样，是尖声的，这也影响到我的"O"字发音，许多我的学生又受到我的影响。在四十年前，有一天我到一外国人家去，出来时鞋带掉了，那外国人提醒了我，并告诉我系鞋带时，把结头底下转一弯就不会掉了，我记住了这句话，并又告诉许多人，如今这外国人是死了，但他这句话已发生不可磨灭的影响。总而言之，从顶小的事情到顶大的像政治、经济、宗教等等，我们的一举一动都有不可磨灭的影响，尽管看不见，影响还是有。

在孔夫子小时，有一位鲁国人说：人生有三不朽，即立德、立功、立言。立德就是最伟大的人格，像耶稣、孔子等。立功就是对社会有贡献。立言包括思想和文学，最伟大的思想和文学都是不朽的。但我们不要把这句话看得贵族化，要看得平民化，比如皮鞋打结不散，吐痰，"O"的发音，都是不朽的。就是说：不但好的东西不朽，坏的东西也不朽，善不朽，恶亦不朽。一句好话可以影响无数人，一句坏话可以害死无数人。这就给我们一个人生标准，消极的我们不要害人，要懂得自己行为；积极的要使这社会增加一点好处，总要叫人家得我一点好处。

回来说，人生就算是做梦，也要做一个像样子的梦。宋朝的政治家王安石有一首诗,题目是《梦》,说:"知世如梦无所求,无所求心普空寂,还似梦中随梦境,成就河沙梦功德。"不要丢掉这梦,要好好去做!即算是唱戏,也要好好去唱。

(本文为1948年8月12日胡适在北平空军司令部的演讲,原载1948年8月13日北平《世界日报》)

大宇宙中谈博爱

"博爱"就是爱一切人。这题目范围很大。在未讨论以前,让我们先看一个问题:"我们的世界有多大?"

我的答复是"很大!"我从前念《千字文》的时候,一开头便已念到这样的辞句:"天地玄黄,宇宙洪荒。"宇宙是中国的字,和英文的(Universe, World)意思差不多,都是抽象名词。宇是空间(Space),即东南西北;宙是时间(Time),即古今旦暮。《淮南子》说宇是上下四方,宙是古往今来。宇宙就是天地,宙宇就是Time-Space。古人能得"Universe"的观念实在不易,相当于今日的科学。但古人所见的空间很小,时间很短,现在的观念已扩大了许多。考古学探讨千万年的事,地质学、古生物学、天文学等不断地发现,更将时间空间的观念扩大。

现在的看法:空间是无穷的大,时间是无穷的长。

只见到八大行星,二十年前只见九大行星。现在所谓的银河,是古代所未能想象得到的。以前觉得太阳很远,现在说起来算不得什么,因为比太阳远千万倍的东西多得很。

科学就这样地答复了"宇宙究竟有多大"这个问题。

现在谈第二点：博爱。

在这个大世界里谈博爱，真是个大问题。广义的爱，是世界各大宗教的最终目的。墨子可谓中国历史上最了不起的人，可说是宗教创立者（Founder of Religion），他提出"兼爱"为他的理论中心。兼爱就是博爱，是爱无等差的爱。墨子理论和基督教教义有很多相合的地方，如"爱人如己""爱我们的仇敌"等。

佛教哲学本谓一切无常，我亦无常，"我"是"四大"（土、水、火、风）偶然结合而成的，是十分简单的东西，因此无所谓爱与恨——根本不值得爱，也不值得恨。但早期佛教亦有爱的意念在：我既无常，可牺牲以为人。

和尚爱众生，但是佛教不准自食其力，所以有人称之为"叫化"（乞丐）宗教。自己的饭亦须取之于人，何能博爱？

古时很多人为了"爱"，每次登坛的时候便想，想，大想一番，想到爱人。有些人则以身喂蚊，或以刀割肉，以自身所受的痛苦来显示他们对人的爱。这种爱的方法，只能做到牺牲自己，在现代的眼光看来，是可笑的。这种博爱给人的帮助十分有限，与现代的科学——工程、医学……所能给我们的"博爱"比起来，力量实在小得可怜。今日的科学增进了人类互助博爱的能力。就说最近意大利邮船 Andrea Doria 号遇难的事吧，短短的数小时内就救起千多人。近代交通、医学……的发达，减少了人类无数的痛苦。

我们要谈博爱，一定要换一观念。古时那种喂蚊割肉的博爱，等于开空头支票，毫无价值。现在的科学才能放大我们的眼光，促进我们的同情心，增加我们助人的能力。我们需要一种以科学为基础的博爱——一种实际的博爱。

孔子说:"修己以敬,修己以安人,修己以安百姓。"修己就是把自己弄好。我们应当先把自己弄好,然后帮助别人。独善其身然后能兼善天下。同学们,现在我们读书的时候,不要空谈高唱博爱,但应先努力学习,充实自己,到我们有充分能力的时候才谈博爱,仍不算迟。

(本文为1956年9月1日胡适在中西部留美同学大会上的演讲,由《灯塔》特约记者简新程记录,原载1957年2月1日香港《灯塔》第8期)

1941年，胡适在美国

1953年1月,胡适在日本

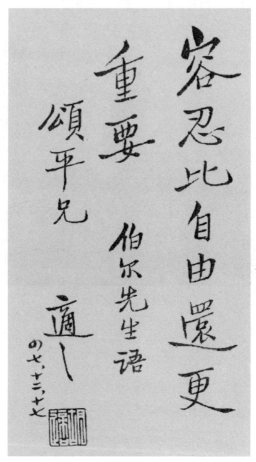

胡适手迹

一个防身药方的三味药

毕业班的诸位同学,现在都得离开学校去开始你们自己的事业了,今天的典礼,我们叫作"毕业",叫作"卒业",在英文里叫作"始业"(Commencement),你们的学校生活现在有一个结束,现在你们开始进入一段新的生活,开始撑起自己的肩膀来挑自己的担子,所以叫作"始业"。

我今天承毕业班同学的好意,承阎校长的好意,来说几句话,我进大学是在五十年前(1910),我毕业是在四十六年前(1914),够得上做你们的老大哥了,今天我用老大哥的资格,应该送你们一点小礼物,我要送你们的小礼物只是一个防身的药方,给你们离开校门,进入大世界,作随时防身救急之用的一个药方。

这个防身药方只有三味药:

第一味药叫做"问题丹"。

第二味药叫做"兴趣散"。

第三味药叫做"信心汤"。

第一味药，"问题丹"，就是说：每个人离开学校，总得带一两个麻烦而有趣味的问题在身边作伴，这是你们入世的第一要紧的救命宝丹。

问题是一切知识学问的来源，活的学问、活的知识，都是为了解答实际上的困难，或理论上的困难而得来的。年轻入世的时候，总得有一个两个不大容易解决的问题在脑子里，时时向你挑战，时时笑你不能对付他，不能奈何他，时时引诱你去想他。

只要你有问题跟着你，你就不会懒惰了，你就会继续有知识上的长进了。

学堂里的书，你带不走；仪器，你带不走；先生，他们不能跟你去，但是问题可以跟你走到天边！有了问题，没有书，你自会省吃省穿去买书；没有仪器，你自会卖田卖地去买仪器！没有好先生，你自会去找好师友；没有资料，你自会上天下地去找资料。

各位青年朋友，你今天离开学校，夹袋里准备了几个问题跟着你走？

第二味药，叫做"兴趣散"，这就是说：每个人进入社会，总得多发展一点专门职业以外的兴趣——"业余"的兴趣。

你们多数是学工程的，当然不愁找不到吃饭的职业，但四年前你们选择的专门职业，真是你们自己的自由志愿吗？你们现在还感觉你们手里的文凭真可以代表你们每个人终身的志愿，终身的兴趣吗？——换句话说，你们今天不懊悔吗？明年今天还不会懊悔吗？

你们在这四年里，没有发现什么新的、业余的兴趣吗？在这四年里，没有发现自己在本行以外的才能吗？

总而言之，一个人应该有他的职业，又应该有他的非职业的玩意儿。不是为吃饭，而是心里喜欢做的，用闲暇时间做的——这种非职业的玩意儿，可以使他的生活更有趣，更快乐，更有意思。有时候，一个人的业余活动也许比他的职业还更重要。

英国十九世纪的两个哲学家，一个是弥尔，他的职业是东印度公司的秘书，他的业余工作使他在哲学上、经济学上、政治思想史上，都有很大的贡献。一个是斯宾塞[①]，他是一个测量工程师，他的业余工作使他成为一个很有势力的思想家。

英国的大政治家邱吉尔[②]，政治是他的终身职业，但他的业余兴趣很多，他在文学、历史两方面，都有大成就；他用余力作油画，成绩也很好。

今天到自由中国的贵宾，美国大总统艾森豪先生[③]，他的终身职业是军事，人人都知道他最爱打高尔夫球，但我们知道他的油画也很有工夫。

各位青年朋友，你们的专门职业是不用愁的了，你们的业余兴趣是什么？你们能做的，爱做的业余活动是什么？

第三味药，我叫他做"信心汤"，这就是说：你总得有一点信心。

我们生存在这个年头，看见的、听见的，往往都是可以叫我

[①] 赫伯特·斯宾塞（Herbert Spencer, 1820—1903），英国哲学家、社会学家、教育家，被誉为"社会达尔文主义之父"。代表作有《社会静力学》《社会静态论》《人口理论》等。

[②] 温斯顿·伦纳德·斯宾塞·丘吉尔（Winston Leonard Spencer Churchill, 1874—1965），第61、63任英国首相。

[③] 德怀特·戴维·艾森豪威尔（Dwight David Eisenhower, 1890—1969），第34任美国总统。

们悲观、失望的——有时候竟可以叫我们伤心,叫我们发疯。

这个时代,正是我们要培养我们的信心的时候,没有信心,我们真要发狂自杀了。

我们的信心只有一句话:"努力不会白费。"没有一点努力是没有结果的。

对你们学工程的青年人,我还用多举例来说明这种信心吗?工程师的人生哲学当然建筑在"努力不白费"的定律的基石之上。

我只举这短短几十年里大家都知道的两个例子。

一个是亨利·福特①,这个人没有受过大学教育,他小时半工半读,只读了几年书,十六岁就在一小机器店里做工,每周工钱两块半美金,晚上还得去帮别家做夜工。

五十七年前(1903)他三十九岁,他创立 Ford Motor Co.(福特汽车公司),原定资本十万元,只招得两万八千元。

五年之后(1908),他造成了他的最出名的 model T 汽车,用全力制造这一种车子。

1913年——我已在大学三年级了,福特先生创立他的第一副"装配线"(Assembly line)。

1914年——四十六年前——他就能够完全用"装配线"的原理来制造他的汽车了。同时(1914)他宣布他的汽车工人每天只工作八点钟,比别处工人少一点钟——而每天最低工钱五元美金,比别人多一倍。

---

① 亨利·福特(Henry Ford, 1863—1947),汽车工程师、企业家,福特汽车公司的建立者。

他的汽车开始是九百五十元一部，他逐年减低卖价，从九百五十元直减到三百六十元——第一次世界大战之后，减到二百九十元一部。

他的公司，在创办时（1903）只有两万八千元的资本——到二十三年之后（1926）已值得十亿美金了！已成了全世界最大的汽车公司了。1915年，他造了一百万部汽车；1928年，他造了一千五百万部车。

他的"装配线"的原则在二十年里造成了全世界的"工业新革命"。

福特的汽车在五十年中征服全世界的历史还不能叫我们发生"努力不白费"的信心吗？

第二个例子是航空工程与航空工业的历史。

也是五十七年前——1903年12月17日，正是我十二整岁的生日——那一天，在北加罗林那州的海边Kitty Hawk沙滩上，两个修理脚踏车的匠人，兄弟两人，用他们自己制造的一只飞机，在沙滩上试起飞，弟弟叫奥维尔·莱特（Owille Wright），他飞起了十二秒钟。哥哥叫威尔伯·莱特（Wilbur Wright），他飞起了五十九秒钟。

那是人类制造飞机飞在空中的第一次成功——现在那一天（1903年12月17日）是全美国庆祝的"航空日"——但当时并没有人注意到那两个弟兄的试验，但这两个没有受过大学教育的脚踏车修理匠人，他们并不失望，他们继续试飞，继续改良他们的飞机，一直到四年半之后（1908年5月）才有重要的报纸来报导那两个人的试飞，那时候，他们已能在空中飞三十八分钟了！

这四十年中，航空工程的大发展，航空工业的大发展，这是你们学工程的人都知道的，航空工业在最近三十年里已成了世界最大工业的一种。

我第一次看见飞机是在1912年。我第一次坐飞机是在30年前（1930）。我第一次飞过太平洋是在二十三年前（1937），第一次飞过大西洋是在十五年前（1945），当我第一次飞渡太平洋的时候，从香港到旧金山总共费了七天！去年我第一次坐Jet机，从旧金山到纽约，五个半钟点飞了三千英里！下月初，我又得飞过太平洋，当天中午起飞，当天晚上就到美国西岸了！

五十七年前，Kitty Hawk沙滩上两个脚踏车修理匠人自造的一个飞机居然在空中飞起了十二秒钟，那十二秒钟的飞行就给人类打开了一个新的时代——打开了人类的航空时代。

这不够叫我们深信"努力不会白费"的人生观吗？

古人说"信心可以移山"，又说"功不唐捐"，又说"只要工夫深，生铁磨成绣花针"。

青年的朋友，你们有这种信心没有？

（原载1960年6月19日台北《中央日报》）

图书在版编目(CIP)数据

胡适读书随笔/胡适著.—武汉：华中科技大学出版社，2023.6
(名家伴读)
ISBN 978-7-5680-9218-0

Ⅰ.①胡… Ⅱ.①胡… Ⅲ.①随笔－作品集－中国－现代 Ⅳ.①I266.1

中国国家版本馆CIP数据核字（2023）第076755号

胡适读书随笔　　　　　　　　　　　　　　　　　　　　　胡适　著
Hu Shi Dushu Suibi

策划编辑：陈心玉
责任编辑：陈心玉
封面设计：Pallaksch
责任校对：王亚钦
责任监印：朱　玢

出版发行：华中科技大学出版社（中国·武汉）　　　电话：(027)81321913
　　　　　武汉市东湖新技术开发区华工科技园　　　邮编：430223

录　　排：孙雅丽
印　　刷：湖北新华印务有限公司
开　　本：710mm×1000mm　1/16
印　　张：16.25
字　　数：182千字
版　　次：2023年6月第1版第1次印刷
定　　价：68.00元

本书若有印装质量问题，请向出版社营销中心调换
全国免费服务热线：400-6679-118　竭诚为您服务
版权所有　侵权必究